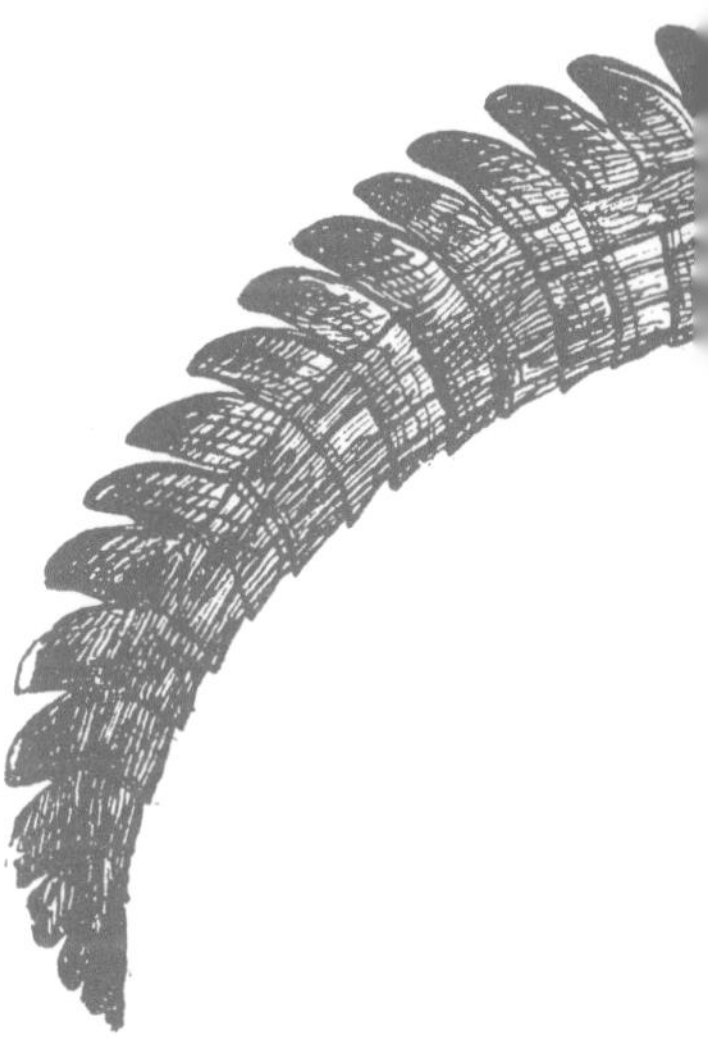

マハーヴァギナ
または巫山の夢

Mamoru Miura
三浦衛

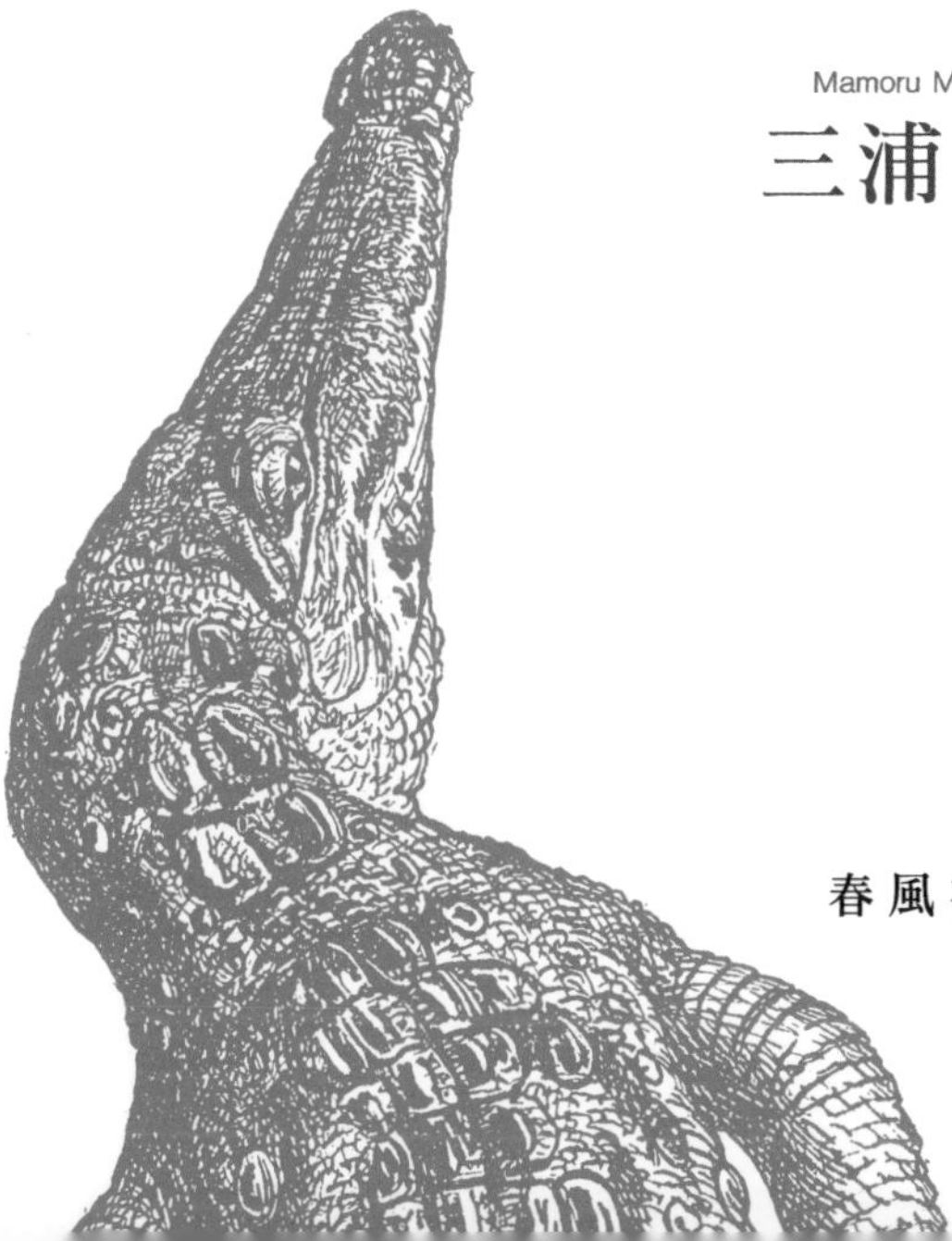

春風社

マハーヴァギナまたは巫山の夢——目次

マハーヴァギナ
または
巫山の夢

さて、そこからはるか離れた所に、おびただしい豚の群れが飼ってあった。悪霊どもはイエスに願って言った、「もしわたしどもを追い出されるのなら、あの豚の群れの中につかわして下さい」。そこで、イエスが「行け」と言われると、彼らは出て行って、豚の中へはいり込んだ。すると、その群れ全体が、がけから海へなだれを打って駆け下り、水の中で死んでしまった。

マタイによる福音書、第八章三〇―三二節

1　飛行船

引換券は鞄の中にある。二週間、いや、三週目に入ったのか。そろそろ取りに行ったほうがいいし、今日ならいるかもしれない。

「仕事以外のことで声を掛けないでください。ほかのお客さまの迷惑になります」と筆文字の貼り紙をしていたから、そんな行為に及んだ者がいたのだろう。しかし、電話番号下四桁の数字を伝え、洗濯物を差し出し、料金を払い、数日置いて荷物を引き取るだけではあまりに味気ない。

私服の彼女を、わたしは一度町で見かけたことがあった。些細なニュアンスさえ顔に貼り付くことを怖れでもするような表情は、すぐに彼女と分かった。仕事場へ向かう途中だったのかもしれない。左が横浜、右が鎌倉の踏み切りの上で振り向いたとき、ちょうどピザ屋の角を曲がろうとするところだった。

つぎに彼女に会ったのは横浜駅。正確には駅の近くのよく行くＣＤショップだった。『アラビアン・ナイト』をモチーフにしたジャズのＣＤを探しに行ったのに、演奏家の名前を思い出せず、いらつく気持ちを抑え、アからはじめて順に二度、通路をジグザグにゆっくり進み、記憶を呼び戻そうと躍起になっていた。焦れば焦るほど、水底に沈んでいく石を覗き込むような気がした。

自身は楽器をやらず、曲を提供し気に入ったミュージシャンを自在に操る。誰だったか…。

どんなにちっぽけに思われ、全く無意味に感じられても、記憶の領野を一点で吊り上げるきっかけは、ふとした鉄の焼ける臭いだったり、久しぶりに訪ねた友達の無聊をまぎらすために飼いはじめた黒猫の腹の和毛《にこげ》であったりするのだからと自分に言い聞かせ、だんだん足裏が床に貼り付き、気持ち悪さが増してきたのを辛抱づよく堪え、強固な意志をもち新雪を踏み固め、踏み個め、勝手に長い道をつくって遊んでいるうちに雪の白が青へと、それから赤へと変り、果ては土よりも黒く感じられ、目を上げればとっくに闇だったことまで思い出し、眩暈《めまい》におよぶ時間が足裏から膝へと連関してきたちょうどそのときに、不意に声を掛けられる。「キップ・ハンラハンをお探しでは?」。見れば、洗濯屋の娘なのだった。

彼女が驚くほどジャズに詳しいのには訳があった。一月後、部屋で話を聞きながら、そこに少なからず創作が加わっていることに気づくまで、そんなに時間はかからなかった。

生まれたのは函館なのだと彼女は言った。まだ美しかった母がジャズ喫茶を始めたのは、北大の学生からレコードを借りたのがそもそものきっかけだった。法学部の彼が司法試験準備の合間に母に会い、つぎつぎにレコードを貸してくれたのだという。彼が浪人している二年間、母が借りたレコードは優に千枚を超え、四度目で試験に合格した時、合格祝いに母が贈ったプレイヤード版『アラビアン・ナイト』のお返しにと、それまでずっと貸してくれていたレコードを全て母にプレゼント。母はそのレコードを元にジャズ喫茶を始めた。学生以外にも母を援助してくれる男が数人いたようだ。札幌から函館へ引っ越した理由を尋ねると彼女は言葉を濁した。

彼女の話が途切れたところで、わたしはコーヒーを淹れに席を立った。お湯が沸くのを待つあいだ、彼女の話に少なくとも三つの嘘があると確信したけれど、問いただすほどの情熱がないことをわたしは情けなく思った。

彼女がCDの棚から数枚取り出しわたしのほうを見たので「持ってっていいよ」と目で合図した。彼女が部屋から出て行ったあと、なんだかとても疲れ、ジャズもクラシックも噴飯物で、全部が結局ダメな気がし眠ることにした。うとうとし出し、やっと眠りに入れるかと思った矢先、まだ洗濯物を受け取りに行っていないことをわたしは思い出した。

眼を覚ましたら後頭部にいつもの痛みが残っている。このところの休日はしょっちゅうだ。両頬をバンバン平手打ちし、風呂を沸かし、沸くまで待つあいだトイレで用を足し、このあいだJR横浜駅横須賀線の工事現場の通路から剝がしてきたテレビタレントのポスターを見遣り、想像力にちかいものを飛翔させようとしたものの、失墜に失墜を重ねているうちに風呂が沸き、カモミールの入浴剤を放り投げ、融けるのを待つまでの数分間、裸のままは実に間が抜け、真面目になろうとしたにもかかわらず、どう頑張ってもちっぽけな真面目にすらなれなくて、わたしはそのままザブンと風呂に浸かる。米粒ほどの入浴剤が最後のあがきを止め、ついに融解した。

魚の目の芯のような傷みは変らず、後頭部はさらに重く、わたしは引換券を持っていそいそと洗濯屋へ向かう。踏切を越え、ピザ屋の角を右に曲がり三軒目。

２６０９。にーろくぜろきゅう。「風呂を食う」だよ。今入ってきたばかりなんだから。「さっきのＣＤ、いつでもいいよ。」「……」「あんたに言ってんじゃねえよ。Ｃ

Dのこと。さっき棚から持ってった。……そんなはずないでしょ。一枚はマイルスの『フォア・アンド・モア』だったじゃない。そうだよ。おかしいのはそっちさ」。どうも、ちぐはぐなのだった。やがて、自動ドアのガラスも割れよとばかりの胴間声が店内に鳴り響く。

「貼り紙が見えないか!」

彼女は後ろで小さくなっている。わたしは、重い足を引きずり部屋まで戻り、事の次第をもう一度よく思い出してみるのだが、どこかに嘘が入り込んでしまったようで、上手くいかない。ほかに誰もいないことを確認でもするかのように辺りを見回し、棚を盗み見る。マイルスの『フォア・アンド・モア』はちゃんとある。あと数枚借りて行ったと思っていたのは間違いだったのか。『アラビアン・ナイト』をモチーフにしたアレではなかったはずだが…。いずれにしろ、魚の目を連想させる頭の痛みがジンジンすることに変りはない。

飛行船が、水中に落ちていく石のように、ランドマークタワーの上をゆっくり通り過ぎ、窓枠から切れたと思ったら、また戻ってきた。

2　口臭

物忘れの激しさなら人後に落ちないつもりでも、さらに日に日に酷《ひど》くなっている。朝は食事をとったりとらなかったりだから、気を抜くとそれすら忘れてしまう。緊張が足りないせいかとも思うのだが。不安に駆られるとどうしようもなくなり、台所に戻り、辺りの様子を窺って、食べたのだなとはじめて了解する。なんとも心もとない。

漠然とした不安を理由に自殺した作家がいた。あれは、もしかしたら、忘れることへの不安ではなかったか。朝飯を食ったのも忘れる不安から自殺するとも言えず、漠然とした不安なんて気取ってみたのかもしれない。作家のことはともかくとして、わずか数分前のことなのにZZZ…と砂に埋もれていくようで、正確に思い出すことが次第に難しくなり、目の前の現実はどうにも不安で仕方がない。

ウィークデーは仕事があるので、溜まったワイシャツをクリーニングに出すのは土曜日と決まっている。一枚九十円だから五枚出しても四百五十円。最近店を出した不味《まず》いラーメン屋のラーメンよりも安い。

このあいだ洗濯屋の女将《おかみ》に怒鳴られたことならしっかりと憶えている。娘とほんの少し話しただけで生ゴミを漁る猫を追い払うようにガミガミやられた。挙句、「仕事以外の話で声をかけて騒がないでください。ほかのお客さまの迷惑になります」などと貼り紙までされる始末。彼女に貸したと思ったCDが自分の部屋にちゃんとあったので、貸したと思ったのは勘違い、こちらの思い違いなら怒鳴られても仕方がない。彼女が部屋に来たのさえ怪しくなってくる。

読書に疲れ、一週間分のワイシャツを抱えて坂を下りる。ランドマークタワーは夜にそなえ各部屋ともすでに灯りがともっている。四次元の蝙蝠《こうもり》が飛び交う時刻、遠近感を失いそうだ。

恐ろしい女将におとなしく電話番号下四桁の数字を言い四百五十円払ってわたしはそそくさと洗濯屋を出た。

工事中の、焼き魚と醤油の焦げた匂いがしてきて、すぐに戻るのはもったいない。工事中は、焼き魚ではなく青いビニールで覆われたビルだった。時計を見ればまだ六時を少し回ったばかり。旧街道沿いを真っ直ぐに歩いて天王町の駅から電車に乗り横浜まで出てみることにする。金文字の漠然とした不安に駆られ、景色も脳も剝離現象を起こしそうなので、こっちに引き付けようと必死、ここは横浜銀行○○支店、ここはまだ入ったことはないけれど古い銭湯、ここは□□弁当と一つ一つ点呼しながら歩いてゆく。××宗△△寺の入口掲示板の文句、「一日の苦労は一日で充分である」。それってキリスト教じゃないのと疑ったが、別に関係ない。

「あのー、すみません」

振り向けば、洗濯屋の娘なのだった。

「どちらへ。わたしもこっちの方角なんです。怒ってらっしゃるの。CDもうすこし借りてていいですか。母に話したら、聴きたいって言うものですから」

「母って？」

「元町にいるんです。ジャズ喫茶のこと話さなかったかしら」

「じゃ、あのクリーニング屋の…」

「母の姉です。わたし、アルバイトしてるんです」また頭が痛くなってくる。

「マイルス・デイヴィスの『フォア・アンド・モア』はちゃんと棚にあったから、あなたが部屋に来たことも夢かと思って…」

「『フォア・アンド・モア』じゃなくて『ゲット・アップ・ウィズ・イット』。一曲目がとても好き。わたしは初めてだったけど、母は、昔レコードを持ってたって。どこかに紛れちゃったみたい。今度また遊びに行ってもいいですか、母を連れて。三平さんと話が合うと思うの。ダメ?」

訊かれたことに答えずに、並んで歩く彼女をそれと気づかれぬようにわたしは何度も見た。薄く嘘が貼られているような気もしたし、むしろ薄いのは真実で全部が嘘の塊のようにも思えてくる。それでも、頬の産毛と肉厚でセクシーな唇、あるかなきかの甘酸っぱい口臭は現実のようでもあり、どうしても現実であって欲しいと思いたかった。

「どっちでも同じ。キップ・ハンラハンなら好きよ」

どっちでも同じとは、現実であっても夢でも同じということか、話が合っても合わなくても同じということか、嘘でも真実でも同じということか。考えあぐねているうちに彼女はとっくに離れていた。

遠くで「今度の日曜日」と言ったかどうか。真意を量りかねているうちに、彼女は交差点を渡ってペコリと頭を下げ、大股で歩き、やがて会社帰りの人ごみに紛れ見えなくなった。

3　予知能力

夜、電話が鳴った。彼女の声は弾んでいる。携帯電話からかけているようだった。寝ぼけまなこを擦りながら、意識を電話の声に集中させる。周りがざわついていてなかなか聞き取れない。酒を飲んでいるのだろう。

「今どこか分かる？　ううん。そうじゃなくってよ。どうしていらっしゃったの？　母に話したら、マイルス・デイヴィスは天才じゃないって。でも好きだって。天才は、ビックス・バイダーベック、チャーリー・パーカー、ソニー・ロリンズの三人だけって言っていた。わたしには分からない。音楽って何か分からないの。母に訊いても教えてくれないし。また玖美の○○ってなに病が始まったって言われるのがオチ。玖美よ。え⁉　ほんとう？　王偏に久しい。みは美しい。それより音楽。三平さんは分かるの、音楽。ううん。そういうことじゃなくって、音楽そのもの。三角形の面積は底辺掛ける高さ割る2って小学校のとき教わるでしょ。でも、知りたいのはそういうことじゃないの。面積。面積って何か知ってそれから三角形や四角形や円でしょ。面積は広さって言われてもピンと来ない。言い換えに過ぎない。いくら先生に訊いても分かるように説明してくれないし、最後はとうとう投げ出しちゃった。いえ。わたしのほうが。この人は面積が何か分かってないということが分かったのそのとき、先生の目を見て。媚びるような目をしたわ。母に話したら、玖美ちゃんの○○病が始まったって言われた。定義ってことよね。わたし、数学が好き。国語は嫌い。数学は身体の論理でしょ。そうじゃなくって。ううん。訊いているの。線は点と点を結ぶ最短距離っていうのを聞いたとき笑っちゃったわ。だって、点も線も描けないでしょ実際は。描いた瞬間、点は点でなくなり線は線でなくなる。駅のアナウンスで黄色い線まで下がってお待ちくださいって言われて、黄色い線って何かしらと思ったら、幅が三十センチもあるんだもの。冗談じゃないって思った。駅長室に行って抗議したら、キチガイ扱いされて体よくあしらわれた。幅広の線なんておかしいわ。幅がないのが線なのに。だから音楽も分からない。ポンだけなら音楽じゃないでしょ。でも、ポンとポンなら音楽かもしれない。ふざけてなんかない。今度教えて。母は忙しいからすぐには無理だって。玖美が会いたければ会えばいいでしょって。声が高い？　おっかしい。三平おっかしい。話聞いてないでしょ。でもいいわ。はははは……　天才的な馬鹿！　天才好きでしょ。三平は努力型の天才かな。時間の過ごし方の問題だから。感覚の積分でもいい。そんなことない。思ったから言ったの。ううん。正確じゃない。いいよ。いいよもうそれは。別の話しましょ。それより、明日、川崎で会いましょ。ははははは……　だから言ったでしょ。わたし好きな人の行動は分かる予知できるの。カシオペイアよ。『モモ』に出てくるでしょ。エンデは嫌い。理屈屋さんは嫌いなの。でもカシオペイアは別。あの亀より少し長く分かるわ。それでずっと失敗してきた。仕事ならしょうがないわね。じゃ、その後は？　うん。うん。うん。うんわかった。いいわ。そこで。九時ね。もう一つ教えてあげる。三平さん、これからキップ・ハンラハンの「ア・サウザンド・ナイツ・アンド・ア・ナイト」を聴くわ。わたし知ってるの。ラックの上から三段目、左から数えて七枚目か八枚目だった。聴いてみて。これは予知能力じゃないよ。今は働かせていない。じゃ、明日九時に。起こしちゃってごめんなさい。おやすみ」

早口と周りのざわめきで聞き取れない話もいくつかあった。彼女がこんなに長く話すのを初めて聞いた。玖美。音楽のことなら、昔付き合っていた女性にそんなことを訊かれた憶えがある。二人の顔を無理に重ね合わせれば似ていないこともない……。

玖美の話を何度も反芻しながらわたしはコーヒーを淹れた。ちぐはぐさは拭いきれない。早口過ぎて、嘘と感じたことを確かめようもなかった。壁の時計は二時をとっくに過ぎている。と、また電話が鳴る。玖美だと思った。理由はないが、受話器をとったらまんまと罠にはまりそうな気がしたから鳴り止むのを待ち、二杯目のコーヒーを淹れる前にシャワーを浴びるべきことを思念し、これは対抗上とてもいい考えだと思われた。玖美は胸のホクロの話をしたか、しなかったか。しなかったか。こちらの想念が離れた場所にいる玖美に見抜かれているようで恐くなる。軍隊における精神の弛緩とみすぼらしい訓練さながら、思いっきりシャワーを浴び、こんなシーンを見たことあるとの観念が右脳を掠めたが、かまわずに、あとは一気にシャワーの栓をきつく締め、濡れた身体を十秒で徹底的に拭き、歯茎から血が滲むまで歯を磨き、それから何をすべきか、究極の選択を迫られたわたしは、あれこれ迷った挙句、これはとてつもなく現代的かつ小説的で即興的であるわい、ついにわたしは洗面台の横の棚に常備している強化歯間ブラシをとりあげる。奥歯の奥の積年溜まった汚物的歯垢をこそげ落とし、究極の悪臭に鼻をヒクつかせながら、それでも足らじとラジオ体操第二まで試したのである。今日も元気で一日を送りまっしょー!!

二杯目のコーヒーにたっぷり牛乳を入れ、カップを持ってベランダに出てみる。片手を腰に当てグイと飲むコーヒー牛乳が腹に染みる。東の空がうっすらと赤みを増し、東雲《しののめ》の別れを措しみ我ぞまづ鳥よりさきになきはじめつるの歌を思い出す。ばかりか、っあ〜っあ〜っあ〜っあ〜と、実際啼く。

キップ・ハンラハン。「ア・サウザンド・ナイツ・アンド・ア・ナイト」は確かにラックの三段目、しかし左から九枚目がそれだった。玖美の予測が外れホッとする。オーディオのスイッチを入れ、ボリュームを低くして掛けてみる。が、一分もたたぬうちに頭の芯が疼き出し、とても我慢できそうもないから、玖美の期待を裏切るようで辛くもあったが、辛かろうはずなどなく、裏切りの感触にひたすら身を浸しているうちにようやく眠りにつく。あっけなく見破られていることを予想だにしなかった。

4　水槽

金魚を見るような目でわたしを見ないで。これ？　後で教える。驚いているみたいね。今度、動物園に行かない？　面白い動物園があるの。象の鼻が顔の真ん中じゃなくて、両方の耳の位置に耳がなく、そこから二本の鼻が生えているのや、ダックスフンドみたいなキリン、冷蔵庫もいるわ。うううん。冷蔵庫よ、物を冷やす。シロクマ君て名前。ときどき冷凍庫の扉がパカンと開いて息を吐く。おっかしいよ。コマーシャルよりウケちゃう。あっちうろうろこっちうろうろ。で、パカンでぶふぁーだから。面白いでしょ。それからカバは馬鹿なの。だから、顔が鹿で胴体が馬、それなら鹿馬でいいようなものだけれど、歩くときに変った歩き方をするから馬鹿。後ろ向きにしか歩けない。横向きにしか歩けない馬鹿もいるわ。それには足が六本ある。

大きな水槽の中ではタクシーがゆっくり泳いでいる。運転手は帽子をちゃんとかぶった死者たち。目を瞑っていて危なそうだけれど、回遊しているから、ハンドルを握ってさえいれば大丈夫。

歴史上の人物もいる。聖徳太子や三平の好きな二宮尊徳や。源頼朝や藤原鎌足や森鷗外とか。二宮尊徳にキャップはどうしても似合わない。本人も嫌じゃないのかな。死んでいるから好きも嫌いもないのかもしれないけれど。森鷗外の帽子は、ほかの人の倍はあった。水でふやけたのかしら。

ときどき流れから逸《そ》れてガラスの近くに来るタクシーがあるの。最初気づかなかったけれど、わたしが見ているコーナーへ決まって近づき、すいと過ぎていく。行ったなと見ているとまたやって来る。帽子を目深《まぶか》にかぶっているから、誰とははっきり分からないけれど、どこかで見たような気がした。でも、気がしただけかもしれない。

母にレコードを二千枚くれた学生は、その後弁護士になり横浜に住んだのだけれど、本牧で起きた親子誘拐事件に関わっていろいろ調べているうちに、彼の行方《ゆくえ》も分からなくなった。その彼ではないかって気が一瞬したの。でも、母には何も話してない。本牧の事件のこと知っているでしょ。新聞にも大きく出たわ。大家さんに連れられ警察が乗り込んだとき、畳が一枚浮き上がっていたらしい。誘拐につながるような証拠品は何も見つからなかったのだけど、浮いた畳を剝がしたら、白骨化した猫が出てきて、それだけが事件の証《あかし》って。ううん。テレビでキャスターがそう言っていた。

ホクロのこと？　そう。別に関係ない。色が白いからホクロが多いみたい。胸のホクロはこのあいだ見せてあげたでしょ。ほかにもたくさんあるよ。寝ている間は体から離れてどこかへ行っちゃう。どこへ行くんだろうと思って追いかけたら、暗くてよく分からなかったけれど、ゆっくり浮遊しながら1号線を横浜方面へ向かっていった。西平沼橋の交差点を右に折れたから、三平の会社のほうだなって思ったら、坂を上って大きな三叉路を野毛のほうへ下りていき、大岡川沿いをふわふわ〜。宙に浮かぶホクロたちは前との間をだんだん空けて、気ままに散策を楽しむよう。と、動物園の大水槽の中へ潜《もぐ》り込み、いつの間にかタクシーと一緒に泳いでいた。光を反射し黒い水泡のように見えてとても綺麗。だから、夜、わたしの体は真っ白。裸で死者たちのタクシーとわたしのホクロが一緒に泳ぐのをしばらく眺めていた。

どっちでも同じよ、そんなこと。三平はすぐ鼾《いびき》をかいて寝てしまうから分からないの。今度体を離したら、すこし我慢して待っていれば、ホクロが浮いて出るのがきっと見える。ねえ、今度一緒に行ってみようよ。いいこと思いついた! 一緒に泳ごう。ね、いいでしょ。そうしたら何か分かるかもしれない。

恐いの? だいじょうぶよ。死者たちのタクシーが何十兆台あったって、ゆっくりゆっくり泳ぐからぶつかりっこない。警備員もとっくに帰ってしまっているし。パリの海で三平が釣り上げそうになった魚のこと憶えている? プッンと糸が切れたのはわたしよ。ほら、見えるでしょ。ここの小さな傷。ああ、わたし、この人といずれどこかで逢うことになると思った。だから、洗濯屋に三平が現れたときドキッとしたの。誰だってそんなこと分からない。訊かれても分からないわ、わたしだって。なんにも。カシオペイアって言ったでしょ。分かるのはこれから起きるほんの少し先のこと。過ぎてしまったことはちっとも。それより、さあ、帰りましょ。そろそろ水槽に戻らなくちゃ。

5 偶然

司馬遷もギボンも男性性を強く意識した。過去を上手《じょうず》に思い出すことで欲望を実体化させるのが男のならい。生起してくる諸々をわくわくしながら積分するよりも、あのとき、ああしていたならばの未練をむしろ切実な動機とし、こぼれてしまった時間の綺麗《きら》星を微分する。もはや手のとどかぬ領域に達した恋の憂《う》さを晴らすのだ。キンタマを失くしては、酒で気をまぎらわすこともままならぬではないか。ギボンは、タマはあるにはあったが、必要以上にデカすぎて、恋をささやくには相応しくないというに過ぎなかったが…。わたしの思考は途切れる。

玖美の作り話を聞き流し、ただ世界認識上の比喩、またはデタラメと受け止めていたわたしは、思わぬ偶然から、考えを改めざるを得ない仕儀となった。

マイルス・デイヴィスが一九六一年五月十九日にカーネギーホールで行ったライブ録音のコンプリート版が好きだという。So What、だからどうした？　キチガイじみたスピードで始まるフォア・アンド・モアのソー・ホワットのほうが、すぐに追いかけ牙をむく意識から逃げ去ることを常とする肉食マイルスには似合っていたかもしれない。ほかの誰よりもプライドの高かったマイルスは、理不尽な差別に遭い、目の玉が重力に従うようになって以来、やぶ睨みで世界を眺めるようになった。カーネギーホールの聴衆を前に、静かに重く滑るように登場したマイルスは、だからどうした？　現実感を伴わない夏の嵐を予感させる澄み切った空の青を彷彿とさせながら、目だけはらんらんと輝いていたのだ…。

「そこは？」

「いい臭い」

「判断じゃなく。そんなに近づいたら反則。そう。それぐらい。口臭ある？」

「少し」

「少しって？」

「浴場で欲情するくらい」

「くらいじゃない。くだらない。ここは?」

「水。プールの臭い。初めて入るときの……かな? 恐いと思うほうが、本当の好きに近いと思う。感情を勘定する…」

「また。くだらない。感情を感情するってわけね。それはオトコの領分でしょ。カシオペイアのこと本気にしている?」

「しているさ」

「してないよ。でもいい。もうすぐ分かる」

「もうすぐ分かるって、何を?」

「質問は難しいわ。集中しなきゃダメよ。ときどき三平は意識がとぶよ。ちゃんとここにいて。でなきゃ分からない。ここは? ほら」

「なに」

「臭い」

「ない」

「集中して」

「くさの臭い」

「もっと。連想じゃなく、直接の」

玖美は自分で開いた。

「分からない」

「ダメよ。消沈していちゃ。思い出そうとするからダメなの。もっとちゃんと意識して、レベルを高度に保って」

「花火」

「……」

「雨の日の。雨で流れるかと思っていたのに、三時、四時ごろから晴れ上がって、三々五々人が集まってくる。思い思いの場所にシートを敷く。澄んだ空気の中をドカンと…」

「嘘」

「なに?」

「今の。違うよ。雨は本当。の日のって言ったとき、もう違った。雨でいいよ。きっと臭いがあるから。シャワー浴びてくる」

玖美がドアを閉め、わたしは最悪の気分に落ち込みそうになりながら、棚に並ぶ本の背文字をしりとり方式に替えても、世界認識の態様はさほど変更を迫られずに済むだろうと考えているうちに、一枚目が終る。マイルス・デイヴィス。確かに、カーネギーホールでのライブ録音。二枚目の一曲目はいつか王子様が。王子様って…。ノーマ・ジーン・ベイカー、後のマリリン・モンローにとっての王子様は、第三十五代アメリカ合衆国大統領J・F・ケネディー！　それとも、マーロン・ブランド。クラーク・ゲーブルだって、可能性はあったのだ…。

あの時どうしてそんなことを思ったのか、わたしには分からない。

「なに？」

「呼んだ？」

「入っていいよ。ノーマ・ジーンにとっての王子様はチャップリンよ。父のほう。息子のキャスとは兄妹ってとこね。きっといっしょに寝たとき分かったの。だから言ったじゃない。カシオペイアだって。それぐらい、女の子なら誰だって分かる。うん。は。くすぐったいよ。じゃ、ここは。雨って言わないでね。こんなになって」

「……」

「驚いた？　だから言ったじゃない。浴場で欲情？」

「浴場で欲情」

「くだらない。繰り返しに耐えられないの。でも、最低ではないわ三平。うぬぼれないでね」

立ったまま、やがて体を離したのだが、頭も体も、すっかり熱にやられていた。最後のアランフェス協奏曲に耳を澄ませ、エンディングはいつなのか、それにより運は決せられると背水の陣で考えたことを、玫美は、難なく知っていたに違いない。わたしがシャツのボタンを二つ留めたところで偶然、曲が終る。

6　失踪

あなたは欺いていると玫美は言った。

月は星を欺き、美智子は実を欺き、蟷螂《かまきり》の雄は雌を欺《あざむ》く。雌は子を。欺かない男などいるものか。女も。口に出して言わなくても欺いていることに変りはない。人も自分も一文字分も。また、欺いているのはむしろ玫美のほうではないかとわたしは怪しんだ。しかし、そこにわたしの弱さがあることをわたしは感じていたし、今ならそれが分かる。

カシオペイアの予知能力を有する玖美はなにしろ三十分先を、体調のいいときはほぼ一時間先を見通すことができた。裸身を伸ばし、顎を両手で支えながら訊いてみる。

「三十分先を見通せるといっても、今の会話、関係性を無視してはあり得ないことでしょ。ぼくが何を思い、何をするか、玖美の言葉によってもどんなにでも左右されるわけだし」。わたしはすこし、いい気になっていた。

「あたりまえでしょ」

「だったら、選挙速報じゃあるまいし、このあと事に及ぶのか、部屋を出て行ってしまうのか、玖美がね。出て行ってしまうのか、分からない」

「三平おっかしい。またしたいの？　いましたばっかりじゃない。ねえ。選挙速報やってないかしら。あれって統計学でしょ。速報見ながらするのってどうかしら。予測するの」

「ぼくらのこと？」

「そうじゃないって、わたしは統計学じゃない。セットされるのよ。セットされたところから誰も抜けだせない。意識の問題。極度に緊張させればどんなふうにセットされているのか見えてくる。三平は三平でしかないの。怒らないでね。アバウト・ワン・アワーを繰り返すだけ。一ミクロンだってほかの可能性なんかない。ミクロンの下はオングストローム。微分。そんなふうに近づけて考えるのが好きでしょ、三平。面白くなくはないけど、飽きるよ。この話がどこに着地するかって考えているでしょ。着地点なんかない。でもはっきりしていることは、もう、しないってこと」

「今日？」

「永遠に。氷河期が何度訪れようとも。地球の自転速度がコンマ二秒変っても。そう」

「それは比喩？」

「いえ。決心」

「言葉の問題？」

「いえ。態度」

「絶対に？」

「絶対」

「抱きついたら？」

「もう会わない」

「嘘?」

「嘘なもんか」

「アバウト・ワン・アワー?」

「しょうがないわ。いいよ」

約一時間後のこと。または、前。

「ノイズが嫌い」と玖美は言った。それで、とうとう東京ディズニーランドへ行く羽目になった。ビッグサンダー・マウンテンまではよかった。スペース・マウンテンになど乗りたくなかったが、どうしても、どうしても、どうしてもとせがまれ、二つあわせて結局十二回乗った。そういうときの玖美は年相応に見えた。

十回目がようやく終り、地面に立った途端バランスを崩し、そのままトイレに駆け込み、吐いた。便器に吸い込まれていくチョコレートとバニラを見ていたら、よけい気持ち悪くなった。

さらに二回。もうなにか、気の抜けた幽霊か季節外れの魂のように、身体が浮遊しはじめ、わたしはハイな気分を味わっている。これで最後にしようと玖美が言ったとき、もう一度ぐらいは大丈夫そうな寛容な心さえ擡《もた》げていたのである。

フラフラになり、ここはまぎれもなく地球表面なのだとリアルに感じてもいたのだが、子どもの泣き声にわたしは、ハッと我に返る。千葉県舞浜の時刻に引き戻される。

少し残っていた砂に足を取られ、滑《すべ》って転んだ幼い娘は、膝からこぼれる血を見ながら固く口を結んでいる。

「よしなさい」と抑えた玖美の声。わたしが振り向く間もなく、パン！　と平手がとんでくる。痩せた麒麟のような女が連れの男の手前でもあろう、気の毒そうなつくり笑顔をしてみせ、わたしの横を通っていった。気の毒なのはお前の顔さ…。ふと見上げた空に飛行船が浮かんでいる。

目を水平に戻したわたしに、玖美の言葉が突き刺さる。

「人のせいにしないの。分かるでしょ。そういうことがわたしは嫌いなの」

嫌いなハンバーガーを玖美といっしょに頬張りながら、さっきのことが、これまでの人生でもっとも恥ずべき行為だったとわたしは思い知らされる。わたしは、転んだ娘を助け起こそうとしたのだ。しかし仮に、助け起こしたからといって、だからどうしたというのだ。わたしは、自分の行為の言い訳を考えているような気がして嫌になる。玫美の平手は、行為そのものよりも、行為に及ぶ意志の薄弱さに対してだったとわたしは考える。

東京ディズニーランドへ行った日から四日目に、玫美は消えた。

7　祭り囃子

梅雨の中休み、晴れ間がのぞき、わたしは、久しぶりに昔住んでいた井土ヶ谷辺りを散歩してみることにした。

保土ヶ谷の山頂から二五七段ある階段を下り、鎌倉街道を上大岡方面へ歩けば、ゆっくり歩いても三十分とかからずに、京浜急行井土ヶ谷駅に出る。

この駅で、今は亡き祖父母をはじめ、いろいろな人を待った。約束どおりに来る人もいれば、そうでない人もいた。来る人と去る人の行き交う光景は、あのころと変っていない。

駅を過ぎ、交差点を渡って右へ曲がる。交番の隣の隣が餡蜜《あんみつ》屋。暖簾をくぐって日陰になっている席をえらび、コーヒーと餡蜜を注文する。わたしのほかに、奥の席で若いカップルが向き合って餡蜜を食べている。

十年にもなるから、当然、店のウェイトレスも変ってしまった。味のほうはといえば、変ったようでもあり、変らないようでもある。こちらの舌が変ってしまったのだから、比較のしようがない。勘定を払い、店を出しなに奥のカップルが目に入る。ジーンズ姿の女性は玖美に似ていなかった。

郵便局を右に見て、大通りを真っ直ぐ進めば、弘明寺の駅へ向かうことになる。が、昔、といってもそれほどではないけれど、かつて歩いた界隈がなつかしく、左へ折れ、わたしはのんびりと歩を進めながら、ときの経過をなぞるように目を遣《や》った。

青空文庫の看板が新しくなっている。今ならば、著作権切れの作品を、インターネットを通じて無料公開する電子図書館ということになろうが、ここが発祥の地だ。パソコンが普及するはるか以前のことで、法的な登録などしていないのだろう。

何とかさん（忘れてしまった）という奇特な方が、近所の子どもたちをあつめ、手持ちの本を元手に貸本屋を営んでいたはず。

看板がリニューアルしたところからすれば、営んでいたというのは不正確で、今も変らずに子どもたちの嬉しい遊び場なのかもしれない。一度訪ねてみるべきだった。お金をとるわけではないから、元手も営むも当たらない。朝日新聞の横浜版に、大きく取り上げられたことがあり、そんなに有名な文庫なのかと驚いたことがあった。そこから五分とかからずに、わたしが昔住んでいたアパートがある。

遠くにお囃子《はやし》の音が聞こえる。神社の祭りでもあるのだろうか…。豆腐屋を過ぎ、下町風情をかもし出すこの辺りに、一軒だけ、カリフォルニアを連想させる庭付き一戸建ての家がある。ジャガーとベンツと国産のプレジデントが、いつもこれ見よがしに並んでいたが、今日はジャガーでお出かけらしい。

笛太鼓の音が近づいてくる。

大通りへ出、道沿いに歩く。レッド・ロブスターがあった場所に、郊外で必ず目にする紳士服のチェーン店が立っている。客は一人も入っていない。店員二、三人が両手を前に組み、生真面目そうに道行く人を眺めているのも、よく見る光景だ。いっそ、マネキンにしてしまえばよかろうとも思うが、できない理由があるのだろう。客がほんとうに入って来たときどうするか、ということなのかもしれない。

中学校の体育館では、これも休日によく見る光景、女子バスケットボール部の練習が行われている。

天井の高い建物に甲高い声が木霊《こだま》し、目をつむって無理に意識を集中させれば、モスクの祈りに聞こえないこともない。でも、無理しなければ、ハッキリと、イチニーサンシーニーニーサンシーファイトーファイトーイチニーサンシーと聞こえてくるのだった。身も蓋もない散文至極の声に翻弄されながら、左手の小路に入り、線路づたいに弘明寺駅を目指す。

駅は高台に位置し、右手すぐのところが弘明寺観音。そのまま下れば、商店街。お囃子はここから発していたのだった。

横浜では古い商店街としてその名が知られ、年に一度の祭りは、アーケードにぼんぼりを吊るし、行き交う人で賑わう。水飴、風船、コルク鉄砲の射的、金魚掬《すく》い。たこ焼きは、いまなら祭りでなくても、いつでも食べられるが、こんな日のたこ焼きはまた格別。五百円のたこ焼きをひと皿買い、感傷に引きずられないように気をつけながら、わたしは金魚掬いに挑んだ。いちばん奇麗なのが玫美だ。これを掬って持って帰ろう。

十四度挑戦し、ふしだらな穴をコーンに開け、十五度目にようやく玫美に似た金魚を揃う。透明な袋のなかで、玖美は尻尾をひらひらさせた。

帰宅途中、わたしは適当な水槽を買い、家路を急ぐ。

たっぷりと水を張った水槽に放たれた玖美に似た金魚は、体をプルンとふるわせた後、わたしに向かい、ガラスのすぐそばまで来てしばらく停まっていた。

玖美からの連絡が途絶えたまま、二週間と三日が過ぎた。

8　玖美に似た金魚

玖美から電話があったのは三日前。いや。電話を切って壁の時計を見たら、二時半を少しまわっていたから、おとといということになる。バリ島クタビーチにあるホテルの部屋からだと玖美は言った。本当かどうかは、分からない。

バリなら行ったことがある。ホテルの名前と電話番号を控え、行くとも、行かないとも答えなかった。会社の休みは来月十三日からだ。

バリでの仕事のことなど訊いたのだが、「興味ないくせに」と一蹴《いっしゅう》されたので、あとは、天気はどうか、海は奇麗か、山は青いか、串焼き《サテ》はおいしい？　と訊いてみる。

幼子を心配する親のような口調になっているのが、我ながらおかしかった。「三平おっかしい」と玖美。わたしも声を出して笑った。

「ちょっと、待って」玖美にことわり、電話を保留にし、水槽を確かめに行った。玖美に似た金魚は、水槽の底で眠っているように見える。急いで部屋へ戻り、受話器をとる。

「ふふ。心配いらないわ」

「なに?」

「わかっているでしょ」

それ以上、わたしは怖くて訊けなかった。

どうにもついていけない。仕事があり、読む本があり、酒がある。どうでもよい貴重な時間がある。過剰な欲望はまた、個人にとっても、インフレギャップと混乱を招来しかねない。

三十五を過ぎたころから額が上がってきた。勤め先の社長に、額と頭の境目はどこだ? とからかわれた。四十を過ぎたら、陰毛に白髪が混じった。うわさには聞いていたが、自分の半身に実際に生じているのを目の当たりにし、少なからず衝撃を受けた。白髪のほうがむしろゴワゴワと剛直で立派なことを発見し、大学時代の友人に電話で知らせた。国立大学で数理統計学を教えているFは、「ぼくにもあります」と言ったきり、しばらく黙った。Fは二年前に結婚したばかりだ。

二年前に合併騒ぎで揺れた都市銀行に勤めるTは、「今は、それどころではない」と、わたしの言葉を言下に退けた。学生のころ、わたしは何度かTの自宅に遊びに行ったことがある。手料理をご馳走になり、お茶などすすって、とりとめのない話に興じた。Tがトイレに立ったとき、母親がわたしに言った。

「あの子は女にモテません。わたしが若くても、あの子とは付き合わないと思います。でも、きっと出世はします」

母の予言どおり、Tは大手都市銀行に入り、ニューヨーク支店で頭角を現し、ソウル支店長を務めた後、日本に帰ってきた。大手都市銀行生え抜きのエリートのTにしてみれば、陰毛の白髪など、取るに足りない問題なのだろう。

わたしは、白髪の陰毛を抜いて、机の上にていねいに並べてみた。手鏡を引き出しから出してパソコンに立てかけ、白髪を二本手に取って眉毛に貼り、自分の顔を鏡に映してみた。さきの首相を彷彿とさせ、あまりに似ていて、わたしは思わず吹き出した。目の前の白髪が勢いよく飛んで、闇に消えた。一人でいると、ろくなことを思いつかない。

丑三つ時の妄想がようやく途切れ、わたしは、頻尿にあおられた体を起こしてトイレに立った。廊下のスイッチを忘れるぐらいに左隅がぼんやり光っている。ふり切って用を足し、部屋へ戻る途中、明かりをつけて水槽を見た。玫美に似た金魚は、相変らず底のほうでジッとしている。

朝、いつもより少し遅れて目が覚め、あわてて水槽に駆け寄る。玫美の姿はどこにも見えず、飾りの水車がクルクルと回っていた。

9　2578

あの娘には虚言癖があるんです、と玫美の母は言った。医者からもらった薬を不真面目に飲んでいるとも。北海道にいたころ、法学部の学生から二千枚のレコードをもらったことも、本牧で起きた親子誘拐事件に関わっているうちに、彼の行方まで分からなくなったことも、バリに行くと言っていることも、嘘です。二千枚は、そのときの気分で千枚になることもある。お相手してくれて、感謝しております…。

玖美の母は、無表情で、悲しいようにも、怒っているようにも見えたが、灯りの円から外れていたため、正確なところは量りかねた。

虚言癖と聞いて、母の言葉ではあっても、わたしは違うと感じた。それはただ、カシオペイアよりほんの少し長い時間を予知できる玖美の能力に過ぎない。虚言癖は母のほうではないかと危ぶみ、顔を上げたら、ちょうどレコード盤を替えているところだった。さっきまでの「ベイシー・イン・ロンドン」が終り、今度は、ブルーノート4001番「ニュークス・タイム」だ。テナーサックス、ソニー・ロリンズ、ピアノ、ウィントン・ケリー、ベース、ダグ・ワトキンス、ドラムス、フィリー・ジョー・ジョーンズ。ソニー・ロリンズを、三人の天才のうちの一人と言ったのは、この母ではなかったか。玖美は、虚言癖などでは決してない。

パリのホテルからだという玖美の電話があった後、番号までメモしたにもかかわらず、わたしは、結局一度も電話をしなかった。祖母の七回忌、祖父の三回忌を五月いっしょに済ませたばかりだが、八月の連休には秋田へ帰ろうと思っていたから、どうしても都合がつかなかった。

ほっとしたことへの、罪滅ぼしの気分にちかい感情を抱いて、仕事を終えたあと、桜木町から元町まで歩いた。

二十日に明けると言っていたのに、二日延び、三日延びして、まだ明けない梅雨を恨めしく感じ、野毛の坂道を足元に気をつけながら伊勢佐木町方面へ下りていく。

昼の図と地が逆転し、路地裏には、はじめて目にする看板がいくつも浮かび上がる。自分のいる場所が傲慢な太い幹で、後はすべて遠近法が有効に作用し、他者の居場所はいつも枝の先であるとの想念は、純日本風、夜の光景に似つかわしく、我が中心と思うのは我ばかりで、あの紫の看板の店にある、三代つづいた暖簾をくぐった先のカウンターで眠りこける中年のサラリーマンも、いままさに覚醒し、やじろべえの針になった気分で、世界が激しく揺らいでも、我こそは、静かに果敢《はか》ない永遠を存在しているのだと感じているに違いない。永遠をめざし、存在を他動詞化することにほのかな誇りさえ覚えて。

信号が青に変る。交差点を渡り、大岡川を目指して歩いた。「春夏冬中」の札は、昼によく行くどぜう屋。曇りガラスに若女将の姿が映る。最初の客を見送り、先週起きた幼児誘拐殺人事件のことを思い浮かべなかったと、誰が言えよう。子どもを寝かしつけた後で、いつもより、少し長く風呂に浸かってい・よ・う・か・し・ら。

関内の駅を過ぎ、スタジアムの横を真っ直ぐに歩けば元町は目の前だ。

玖美の母がやっているジャズ喫茶が元町にあると聞いていただけで、場所も名前も分からなかったが、小一時間もかからずに、「アラビアン・ナイト」を見つけた。看板はなく、文字を刻んだ石のプレートが入口の壁に埋めてある。ドアを開けると、焼けるようなキップ・ハンラハンの音が店内から聞こえてくる。

そこは、どこにでもあるような、また、夢にしか現れないような佇《たたず》まいで、カウンターの中には玖美にそっくりの、髪型が少し違うだけの女性がいた。そんな表情をわたしがしたのだろう。玖美の母は、すぐにそれと気づき、「三平さんですね」と言った。

周りの客に気遣い、よもやまのはなしに興じたあとで、あの娘には虚言癖があるんです、と玖美の母は言った。医者からもらった薬を不真面目に飲んでいるとも。お相手してくれて、感謝しております…。

軽いビールを三本空けただけなのに、ずいぶん酔っ払った気がした。目の前の女性といま話したことも、ここにこうして座っていることも、すべて夢ではないかと思えてくる。この人が玖美本人ではないかとも。さらに飲む。

夜が更け、山の上の自宅までタクシーを駆り、車を降りたら、煙るような雨はまだ残っていた。運転手に呼び止められて傘を受けとり、２５７８回目のドアノブに手を掛ける。廊下の電球は切れたままだ。

水槽の底ちかく、玖美がジッとこちらを見ている。

酔いに身をゆだね、某月某日、死ぬほど張り詰めて、果敢なくふしだらな話を愉しんだ。そうこうしているうちに、知らず、床に突っ伏したようだった。寝ているあいだに、脳に半透明の膜でもかかったのか、頭はまだがんがん鳴っている。

１０　電話

頭の痛みは三日間つづいた。痛む頭で文字を追うことほどつらいことはない。しかし、それでは仕事にならないから、頭痛薬で記憶の回路を分断し、今日の回路に電気を流しつづける。たしかに過去と虚栄のシナプスは、思った以上の威力を発揮し脳の古層を刺激する。

玖美から電話があったのは、三時を少し過ぎたころ。かかってくるのは、いつも深夜に決まっている。せっかちなだけでなく、滑舌の悪さは変っていない。どこからかけているのか訊くのをやめた。

「もしもし三平? サトウクニヒコに逢ったよ。母にレコードをくれた。三平より三つぐらい上かな。五十には見えない。くわしいことは知らないよ。嘘かもしれないし。でも、クタビーチの安いバーでちょっとしょっぱいビールを飲んでいたら、向こうから話しかけてきたの。あのビール不味いよ。三平は好きだと思う。好きでしょ? シンハに味が似ているから。十八人目だし。飽きてきていたから、聞くともなしに聞いていた。途中でピンと来たけど、知らぬふりをしていたの、最初は。そうしたら、似てるって言われた。話の流れで昔の女優の名前でもこいつもち出すのかと思ったら、ちがった。いきなりレコードの話をはじめたの。そんなんじゃないって。騙されるわけないじゃない。男が騙しにかかるときはほんの少し目玉がうごくもの。三平もそうでしょ。いくらがんばってもダメ。がんばって動かさないようにすると、がんばった分だけ目玉の静寂が不自然。だから、分かる。ここまでは予知能力なんかつかってない。でね、なんだっけ。そうか。レコード。これが好き、あれが好きっていうレコードが母のものと全部重なるんだもの。おどろいた。ビックス・バイダーベックなんて、わたしは母から聞いて知っているけど、ふつうの人は知らないよ。よっぽどジャズが好きな人でも。ＣＤになっているのかしら。レコードだって相当に古い。シカゴのギャングが出てきそうなぐらい。知ってるわよそれぐらい。なくてもアル・カポネでしょ。ふふ。三平の真似。わたしの表情がだんだん変っていったのかもしれない。玖美さんですか、って、いきなり訊かれた。はい、って、言った。それから延々、五時間、六時間かな。いま、帰っていった。訊かないの？　ここからよ。わたしの部屋から。今度よかったらレコード聴かしてあげるって。こっちに住んでるんだって。おカネもちみたい。どうでもいいけど」

玖美はここまで一気に話した。途中、二、三度あいづちを打ったが、玖美の言葉を信じているわけではなかった。いつもの癖で遊んでいるだけかもしれないのだ。空気を睨んだのだろう。

「くる？　こない？」

「いかないよ」行くって、つい言ってしまいそうだった。

「ふーん。くるのかと思った」

「意味がない」

「なに。イミって?」

「行く意味だよ」

「そうか」

「海の話をしても」

「なに。海の話って?」

「三平が前にここへ来たとき船で沖へ出て釣りをしたでしょ。あのとき、嵐ほどではないけれど、風も波も激しくなって、そろそろ帰る時刻になったころ、三平の垂らしていた糸が垂直にピーンと張った。カジキマグロかクジラか。こんなところにそんな大魚がいるものか。三平のことだから、そんなに切羽詰っているのに、クジラは魚類じゃないから大魚はおかしい、なんて頭がはたらいたのよ。シャチもイルカもダメだから、マンボウということにしようと思ったの。文学的に、カジキマグロかマンボウ。後ろがちょん切られた箱マンボウ。ところが、糸はうんともすんとも言わない。だんだん恐くなってきた。波はますます高くなる。最後にグイと引っ張った。そのときだわ。わたしの唇が切れたのは」

「いまどこ?」

「ふふ。弱いね。そういうところが嫌い」

「なに?」

「それは訊かないことにしたのじゃなかったの」

「……」

「ゆるしてあげるわ。ちょっとやっちゃった」

「カシオペイア?」

「そう」


せっかく治りかけていた頭痛がふたたび勢いをもりかえしてきそうな気配。「また電話する」と玖美が言ったのは、丘の向こうがそろそろ白くなりかけ、もう少し眠りたいからとわたしが言ったあとだった。弱い、弱い、そんなのは知れたこと。しかし、玖美に「嫌い」と言われ、弱さがささくれ立ってうとましかった。果敢なく落下すると分かっていても落下の味なら知っていると思った。なるべく高くジャンプしたかった。痛みはさらに増す。

水槽の玖美によく似た金魚がうしろ向きのまま長い尾ひれをひらりと振った。

11　とかとんとん

さっきから、遠く近く、とかとんとんと太鼓の音が聞こえている。風の音に押され、ときどき強くなったり消えかかったりしながら。

台風10号がいよいよ関東に近づき、波は高いところで八メートルにも及ぶという。警戒が必要と、合羽《かっぱ》をまとった局入りたての女性アナウンサーの声が華やぐ。とかとんとん。とかとんとん。鼓動にも似た音は、台風の間隙をぬって清澄なリズムを刻んでいる。お囃子の音が重なり、魑魅魍魎《ちみもうりょう》が跋扈《ばっこ》し、お神楽《かぐら》の用意でもするのだろうか。とかとんとん。とかとんとん……。

保土ヶ谷は江戸を離れること八里九丁。西へ下る長旅の最初の宿がそれ。現在は国道1号線になっており、正月の箱根駅伝では目の前を物凄いスピードで少年たちが駆け抜けてゆく。保土ヶ谷橋の交差点を右へ折れたすぐのところが本陣跡。そこを扇のかなめに、少し奥まったところに遊郭が数軒、軒を連ねてあったというから、旅籠屋で荷をほどいた旅人が、さぞや旅の疲れを癒《いや》しに行き来したことだろう。

その昔遊郭だったというところも、戦後の宅地造成で、いまはごく普通の住宅が立ち並び、色恋の賑わいを想像させるような気配は微塵《みじん》もない。それでも、ながく住んでいる土地の人の話によれば、火種の分からぬボヤ騒ぎがかつて頻繁《ひんぱん》に起こった。仏になった遊女たちから溶け出した燐が燃えたのだとまことしやかに噂され、町内会長自らあわてて打ち消しにかかったとか。「防腐剤を使用しない古代におけるミイラ製造法」によれば、体液が蒸散したのち、燐とこの世の快楽が化合して火と燃えることがあるそうな。ありえない話ではない。

方十里、今宵色めきたった悪路王、にわかに血をたぎらせ、大鎌振るうこと必至の様相を呈してくる。

木曜日だから二日前のこと。わたしは横浜駅西口を出て同僚と飲んで帰った。いつもなら客でごった返し、予約しなければとても入れないのに、お盆を前にして、めずらしく閑散としていた。朝獲ったばかりのスルメイカの刺身、ニシン丸ごと一本塩焼きにしたのなど、魚好きにはたまらない。しかし最近は、日本特産と思っていたのが、とんでもなく遠くから届けられるものもあって、気を抜けない。

昆布焼酎に舌鼓を打ち、会話もはずんで、そのままいい気分になってＪＲ横須賀線の電車に乗った。台風は沖縄の南、まだ関八州にはほど遠い。

保土ヶ谷駅で電車を降り、馴染みのスナックでさらに飲む。目を開けているのがだんだん辛くなる。カラオケは二曲。それ以上はろれつが廻らない。

店を出、七十数段ある階段に向かう。ピラミッドを這い上るぐらいの気持ちがなければとてもじゃないが上りきれない。十三段ある階段なら首をもっていかれるところ、十四段目からは、上ったのか下ったのか定かでない。

山頂は心なしか風が強く、街頭の灯りがときどき消えかかる。部屋のドアに鍵を掛けることだけにわたしは意識を集中し、後のことは、どうでもよかった。

畳の部屋に玖美が立っていた。アッ、と思ったのも束の間、あれこれ訊くのを止めにして、すぐに着ているものを脱がせにかかる。しこたま酔っていて、とても玖美にまで気がまわらない。水の味がしたのを憶えている。

「痛っ」

「ごめん」

「あ、やまらないでよ」

「そうか」

なにが？

とかとんとん。とかとんとんとん。玖美の鼓動がうすい胸を通して直につたわってくる。酔いのせいか疼《うず》きのせいか、わたしは目を開けていられない。ピラミッドやカイロ南西ギザにあるクフ王の墓、身を焼かれ、燐と快楽の脳内物質が化合して、果てに、ミイラも幾千年の時間の作用には抗し切れず、因果も分からぬ砂となって瞼の裏に鮮明な画像を映し出したのだ。

「だいじょうぶ。こんどは、わたし」

わずかに腰を浮かせ玖美が上になる。「みら。みら。みら……」。

微かにもれる口臭に欲情を刺激され、遊戯なリズムに身をまかせているうちに、あっさり回転木馬と化したわたしは、同じところをぐるぐるぐるぐるぐる、馬鹿みたいに。テレビも掃除機もアイヌの木彫り彫刻も、畳も蛍光灯も障子も襖も吊り棚も、手紙も葉書も、窓ガラスも果ては見えない空まで、つられて同じ速度で回転し始める。滑舌の悪さからどうしたって音便化の罪は免れない。玖美もわたしも次第に崩れていった。

「みーらみーらみーらみーらみーらみーらみーらみーらみーら みーらみーら みーら

みーらみーらみーらみーらみーらみーらみーらみーらみーらみーらみーらみーら」

わたしは身じろぎもしない。感応していたのではない。玖美が上ではしゃげばはしゃぐほど、わたしはいつしか古代のミイラとなってこなごな、空高く舞い上がり、さらに宇宙の塵《ちり》と化す。あげくに、石炭穴のちょうど裏側、第一〇八恒星の光をふんだんに浴びたのち、娑婆《しゃば》の三平と化けたわたしがここにいる。下半身の疼きをそのままに、いっときイキそうになりつつも、我慢に我慢を重ね、反吐《へど》を吐きそうになりながら、それでもぼけーと考えた。

ふと、水槽の底で、玖美によく似た金魚はどうしているだろうとわたしは思った。あるいはバリ島から三十キロの沖合い、漆黒の白く澄んだ海の底。それさえ確かめれば、すべては氷解するのにとも思う。

朝起きると、案の定、玖美の姿はどこにもない。やはり夢だったのだろう。それでも、髪の毛一本落ちていることを願い、懸命に探したのだが、証拠となるものはどこにもなかった。

あきらめて、金曜日。きのうのこと。

このごろ日課にしているコーヒーを淹れに立ったとき、水槽が置いてある木のテーブルが激しく濡れている。水から飛び出してどこかへ行ったか。心臓がドキドキした。見れば、金魚は水槽の中を静かに泳ぎ、口から砂粒を二、三度吐き出した。

今日になっても台風10号の勢いは一向に衰えを見せず、正午のニュースで、愛知県伊良湖崎沖をたったいま通過したと、局入りたての女性アナウンサーが金切り声を発した。

12 有澤武比古

「マハーヴァギナ」、いつもたのしく読ませてもらっています。

「マハーヴァギナ」に出てくる主人公（あの場合、三平佐世夫のほうが主人公なのかも分かりませんが）ですが、彼女は、たぶんわたしがよく知っている女性ではないかと思います。

「マハーヴァギナ」は、フィクションも入っているようなので、一概には言えませんが、三平佐世夫の「わたし」に映る玖美の印象を読み、たしかに彼女にはそのような、予知能力と受け取られかねないミステリアスでちょっと恐い部分があったと思い出しましたし、ふつう「くみ」は久美が多いのに、玖美の「玖」はご存知と思いますが黒い玉《ぎょく》という意味で、そんなに多い名前ではないのではないでしょうか。それに、なんと言っても玖美は水泳が得意です。間違いありません。玖美は、おそらく同級生の有澤玖美です。

玖美は、中学一年の終りごろ、函館から転校して来たということになっていましたが、本当のところは分かりません。声を掛けてきたのは、玖美のほうからです。

わたしのいた中学は、当時全校生徒一〇〇〇人ほどで、各学年が三三〇人から三四〇人。一年生の成績トップは、玖美が来るまではわたしでした。「二宮さん、ですよね」。玖美はたしかにそう言いました。「くん」と呼ばずに「さん」付け。申し遅れましたが、わたしは二宮明彦と言います。

わたしは、ガリ勉と思われるのが嫌で、バスケットボール部に所属していましたが、家では眠い目をこすりながら必死に勉強しました。というのは、成績優秀な子は体育館の横に名前が貼り出されるからです。各学年上位二〇人。それぐらいが県下有数の進学校に入学できる人数でしたから、毎回実力テストの前になると、しのぎを削って見えない火花を散らしたものです。

ところが、玖美の場合はおそらく違っていて、家でもほとんど勉強なんかしなかったのではないかと思います。というか、机に向かって勉強している彼女の姿を想像できませんでしたし、今もそうです。想像できません。学校では、ただ眠そうにして机に突っ伏していることが多かった。教師も最初は注意していたのですが、転校してきた直後の実力テストからいきなり成績トップでは、何も不満を言うことができず、別に授業を邪魔するわけではないのだからというのでしょうか、玖美のことを誰も注意しなくなりました。

授業中だいたい寝ている（つまらなくて寝ている振りをしていたのかもしれませんが）玖美がガバと起きたことがあって、それは今でもよく憶えています。日本史の授業だったと思うのですが、ドイツのジーメンス社と日本海軍との贈収賄事件、いわゆるジーメンス事件について教師が説明し、事件がキッカケで総辞職した第一次山本権兵衛内閣の構成メンバーを板書していた時でした。

授業が終り、廊下に出ると玖美が近づいてきて、「あれね、わたしのひいおじいちゃんがやったの。有澤武比古。知らないでしょ。当時の日本海軍から委託されてジーメンス社と連絡を取っていた人物の一人よ。あの教師、相当勉強しているようだから、ひょっとしたらと思ったけど、結局名前は出なかったわね。中学校の参考書程度じゃ無理もないけど」と、ちょっと意味深長というか、意味不明なことを言ったのです。

玖美の話を聞いていて、なんだかゾルゲみたいなスパイ事件のようでもあるし、面白そうなので、玖美に、「有澤武比古」ってどう書くの？　と、文字を確かめメモしたら、「ふふ。調べたって無駄よ。ひいおじいちゃんはそんなヘマはしないもの」と言われました。でも気にかかっていたので、中学校の創立記念日に、紅葉坂の県立図書館に行ってあれこれ人名辞典を調べました。ですが、そんなメジャーな辞典に載っているわけはないと、途中であきらめました。

ところが、ひょんなことからその人物、「有澤武比古」の名を目にすることになったのです。

大学一年の夏休みですから二年前になりますが、日本政治思想史の教授に頼まれ、アルバイトで水交社の機関誌を整理したことがありました。水交社というのは、一八七六年（明治九）に設立された旧海軍の親睦団体で、陸軍の偕行社と似た団体です。

時給がよかったので引き受けましたが、とても古い雑誌でかび臭く、こんなもの整理して何の役に立つのかと初めは疑問に思いました。ところが、教授に頼まれた臨時増刊の特集記事をノートに写しながら、当時ヨーロッパの新技術と称されたものが次々紹介されていて興味深く、その印象を教授に伝えたところ、たいそう喜んでいましたから、教授はそこに目をつけ、自分の研究資料にしたかったのかなと後から思いました。

水交社の機関誌は「水交記事」という身も蓋もない名前の雑誌です。その中に、たしかに「有澤武比古」の名前がありました。功績のあった人物名のリストに載っていただけで、事件についての記述があるわけでなし、まして有澤武比古がいかなる人物かの紹介があるわけでもなかったので、そのままにしました。ただ、玖美があのとき廊下で言ったことは嘘でなかった、そのことだけは確認できたというわけです。

三平さんもご存知のとおり、玖美の泳ぎは抜群です。彼女の場合、何事においても、どこまで真剣なのか、どこからが嘘なのか、未だによく分からないことが多いのですが、それでいて、とてもピュアな感じがしたり、かと思って近づくとやりこめられたり、まったく不可解な女性で、わたしはこの歳まで（ってそんな歳でもないのですが）あんな女性に遇ったことがありません。

こんなことがありました。

体育の授業で水泳の時間、玖美はいつものんびりと気持ちよさそうに泳いでいました。脇腹がそろそろ出はじめた権藤先生が「タイムを計るぞ」なんて脅しても、どこ吹く風で、すいすいすいすい。かと言って、タイムは決して悪くないのです。むしろ、ずっと上のほう。

生徒間でクジラとあだ名されていた権藤が、褒《ほ》めたりハッパをかけたりしても、全然効き目がなかったのに、中学二年のとき、校内水泳大会自由形一〇〇メートル決勝で、玖美は二着でゴールした水泳部の佐藤江利子に二〇メートル近く水を空け優勝しました。権藤が何度も何度も、陸に上がったクジラのように口をパクパクさせてストップウォッチを見ているから、よほどタイムがよかったのだろうと思って、そこに居合わせた者全員が息を飲んで見ていると、なんと、当時の中学女子の日本記録より三・六秒も上回っていたのです。権藤がみんなに告げました。権藤でなくても、目を疑ったことでしょう。

ところが、大会といっても、あくまで校内のものでしたから、公式記録にはなりません。玖美は水泳部に所属しておらず、別に所属していなくても中学の場合、対外試合には出られるのですが、気分屋の玖美は、二度とそのようなキチガイじみた記録を出すことはなく、あれはいったいなんだったのかと思わせる体《てい》で、以後は、ただのんびりと自由気ままに泳いでいるだけでした。

そういうわけで、とにかく玖美は奇跡的な才能の持ち主、スーパースターでした。彼女にあこがれた男子生徒は、わたしも含めて相当いたと思いますが、頭脳も運動能力も敵う相手ではなかったし、どこか声をかけづらい雰囲気を持っていましたから、結局、中学時代は誰とも付き合っていなかったと思います。高校は別々、彼女は女子校に行きましたから、噂以外のことは分かりません。三平さんがどこかで人形顔が好きと書かれていたのを読んで、そう言えば、玖美は典型的な人形顔だったなと思い出しました。

英語の教師が、若いころのダニエル・ビダルみたいだなんて言っていましたが、わたしはダニエル・ビダルを知りませんし、そう言われた玖美もその時ニコリともしませんでした。

長々と書いてきましたが、何かお役に立てればと思いメールする次第です。中学時代の玖美のことなら、もし聞きたいことがあれば教えられるかもしれませんので、そのときは、どうぞ遠慮なく言ってください。有澤武比古のことは上に書いたとおりで、その後、新たなことは何も分かりません。

それでは、玖美に会うことがあったらよろしく。「カシオペイアの予知能力」については、また別の機会にでもメールします。

13　減衰

「オシコメさんて知ってる？　名前が卑猥《ひわい》でしょ。村里離れた山奥に隠れてヤラシイことをするような響きがあるじゃない。向かいの家の一つ年上の娘がチヅコさんで耕耘機やトラクターを入れてある作業場の後ろに隠れておイシャさんごっこをした。癌に効くとかいうサルノコシカケ科の白いスギキノコをチヅコさんの割目に押し込めた。カエルの足をもぐような気になり快感が走ってパンツを濡らした。まだ射精を覚えていないころのことだからオシッコを漏らしたのだろう。忘れたわけはないだろうに、その後チヅコさんはまったくそのことを匂わせるような発言をしなかったし、目で合図することもなくなっていた。いまはもう、あれは事実あったことなのか、あったと思い込んでいるだけなのか、分からなくなってしまった」

「チンプ。いまつくったネ。オオエケンザブローからの」

「だったか」

「大江は好きよ。い、てててててててて」

「あ。ゴメン」

「って、言わない約束でしょ」

「てろてろ」

「ぷにぷに」

「ひ！」

「Z Z Z Z Z Z Z Z Z Z Z Z Z Z Z」

「ふぅ」

「ふぅ」

「しゅぽんしゅぽん」

「あははは…　何それ？　やらしーよ、シュポンシュポンて、やらしーよ、みら」

「あ〜あ」

「こ。の。」

「ん⁉」

「い、やーだーっ」

「だから」

「なにさ」

「なによ」

「なによってなにさ。わたしが、なによ、でしょ」

「コレ、ね！」

「やだったら、やだ。それ生きてないじゃない。塩で傷つく」

玖美はアーモンドを頬張り、バリバリ乾いた音をたて、やがて飲み込む。平らな咽喉仏が静かに波打ち、積年の想像は無残に打ち砕かれた形となる。風が入ってきて背中の汗が冷たく感じられ、窓を閉める。

玖美を憎らしく思ったわたしは遮二無二《しゃにむに》抱きつく。残っていた塩で白い股が擦れ赤い線を引いた。ふと、カツゼツのカツは「滑」でよかったかの思念が湧き、弱さの現れな気がし、わたしは指に力を込めた。

「っく！」

e
R
o
s

「……」

「少し」

「だめ。ヒつこいの嫌い！」

「そうか」

「せん」

「ん!?」

「もうせん」

「しないってこと？」

「せん」

「する？」

「せん」

「蛇口の」

「ダメよそんなの。せん。チヅコにすれば」

「ね!?」

「バカ！」

「ふ」

「H」

「だーな」

「そうだよ。いっ、やあああああっ!!!」

「アハハハ…」

「あそばないで!」

「ぷにゅぷにゅぷにゅぷにゅぷぷにゅぷにゅぷにゅぷにゅぷ……」

「プで止める? H」

「Hだあ」

「誤魔化さないで。精神のゲンスイ。弱いのは嫌い!」

減衰?

テムズ川南岸、ロンドン東部を通る経線を本初子午線とし、経度の基点となるグリニッジ標準時はいまも変らず、もはや歴史性は萎《な》え、玫美の堅く白い脚がゴロンと転がり窓ガラスにぶつかる。

14　地震

玖美の中学時代の同級生とかいう二宮明彦から、その後もメールは送られてきた。わたしにとって取り立てて興味を惹く内容ではなく、そもそも二宮がどういう素性の人物なのか今のところ分かっていない。ひょっとしたら、玖美のいたずらではないかと思われる節もある。

が、それはそれでいいではないかとわたしは思った。別にどうってことはない。それでも、無聊《ぶりょう》な暮らしの暇つぶし程度に反芻《はんすう》してみるうちに、へー、そんな娘だったのと、時間をさかのぼって想像する愉しみがないでもない。メールの内容はおよそ次のようなものだった。

永九和中学の一年に転入した玖美は、当初から転校生とは思えないぐらい優秀な成績を収めた。主要五科目はどれもほぼ満点に近かった。東大の大学院生について勉強をしているとか、公文の全国トップが彼女だとか、まことしやかに噂は流れたが、真偽のほどは誰にも分からなかった。

授業中は教師の話を聞くでもなく、ノートをとるでもなく、だいたい机に突っ伏している。ときどきムクッと起きて発言をする。質問のようでもあり、ただ、教師が自身の陳腐な考えを生徒に押し付けてくるときにピシャリとそれを封じる風でもあった。

国語の轡田佐紀子は元町近くのお嬢様学校を卒業後、そのまま上の大学に行かずに早稲田大学文学部を受け現役合格を果たした。四年できちんと卒業し、山の上の母校に就職したかったのだが、その年あいにくと教員枠はなく、仕方がないので県の採用試験を受け見事合格、地元の公立永九和中学校に採用されたばかりの才媛であった。

大学では『源氏物語』を専攻。それなりに奇麗でツンとした色香を漂わせ、男子生徒の中には憧れるものが少なくなかったが、本人は、ふくらはぎの太さを気にしてか、まだ若いのに丈の長いスカートを穿《は》いて来ることが多かった。健康な男子生徒は、先生の足の太さなどそれほど気にならず、それよりも、ブラウスを持ち上げている胸のふくらみの方に眼がいった。

玖美は轡田先生が嫌いではない様子だったが、『源氏物語』から帰納される物語論を聞かされたり、愛読書にこじ付けた、ひ弱な人生訓を無理矢理聞かされるのがどうにも我慢ならないらしかった。

轡田先生はミヒャエル・エンデが好きで、その日予定していた授業を早めに終えると、『モモ』とか『はてしない物語』とか『ジム・ボタンの機関車大旅行』とか『鏡の中の鏡』とかの話をよく生徒にした。特に『モモ』は彼女の大のお気に入りだった。時間泥棒から時間を取り返し人間を救ってくれた女の子の物語というのがキャッチコピーで、モモは主人公の女の子。モモといつも一緒に行動し彼女を助けてくれる亀がいる。名前はカシオペイア。三十分先まで見通せる超能力をもつ不思議な亀だ。

その日、三時間目の国語の授業は十五分も前に終り、またまた轡田先生の『モモ』講話が始まった。それを話したくて早目に授業を切り上げたのかもしれない。

子供だましの物語に生徒は内心うんざり、そんな話を聞かされるよりゲームで遊びたかったのだが、轡田先生は本気で好きならしく、授業の終りギリギリまで、エンデを援用しつつ、自らの人生論をぶつのに熱中した。

ベッポじいさんは『モモ』に出てくる道路掃除夫。ていねいに、ていねいに掃除をする。先を考えてはダメ。わずか一メートル四方をまずしっかりと掃除する。轡田先生はそう言った。終ったら次のひと掃き。終ったらまた次。最後の一メートルをやり終え、腰を伸ばすと、一日働いた自分の仕事がすっかり見える。このように、人生は過去や未来にはなく、現在現在の連鎖発展の只中《ただなか》にある。「いまここ」がまさに最大の関心事。そうすることで、普段見失いがちな微細微妙な世界が垣間見え感じとることが出来るようになるのです。このように、過去を懐かしがったり未来の幸福を願っても無駄なの。いまこの瞬間をいかに燃焼して生きるかが大事。それが問題……。

轡田先生は、まるで自分が教室の床掃除をしたのかのように四角い部屋を眺め回し、また、その日の当番の生徒に強く語りかけるように言うのだった。「のように」と「只中」は轡田先生の口癖。

轡田先生が生徒を目で威圧説得した直後、水を打ったような教室にゴトンと椅子の音がひびいた。眠そうな目を擦り、悪戯っぽく口元をはじいて玖美が立っていた。

「ふふ。先生。ペッポじいさんは一日何回腰を伸ばすの。単純労働の際の行動様式としてあり得ない話ではないけれど、思おうとし、できることではないでしょ」

「だから強くそう思って仕事をするの」

「先生は、そうしてるの」

「そのように、しているわ」

「ふ〜ん。信じられない。もっと現実味のある話をしてほしい。先生はエンデが好きなようだけど、しょせん社会主義者よ。くだらない。それより、早く教室を出たほうがいいわ。地震が来るから。今度のは、相当大きいよ」

玖美が教室から出て行った三分後に地震は来た。体育の髭モジャ教師熊沢先生が校内放送でそれと告げ、美化委員が指示に従い窓を閉め、あとは一斉に校舎前のグラウンドに集まった。女子生徒はこれでもかの赤や黄色の奇声を発し、男子生徒は面白がって天まで届けと黒い喚声をあげる。

クラスごとに整列し事態の収拾を待ちながら、幾人かはそこに玖美がいないことに気がついた。が、それよりも、文化祭のような乾いた騒ぎが面白く、誰も玖美のことを担任に告げるものはいなかった。

教室を飛び出した玖美がその後どこへ行ったか行方は杳《よう》としてつかめない。四時間目の授業が終って昼食の時間になり、やっと髪を濡らした玖美が教室に戻ってきた。

地震後の校舎のひび割れを確かめに屋上まで行っていた体育教師の熊沢が下を見下ろすと、裸のままプールで泳ぐ女生徒がいる。遠目で顔までハッキリとは見えなかったが、後に、それが有澤玖美であると分かり職員会議で問題になった。事件があってから三週間後、玖美の行動に責任を感じた轡田先生の意見が採用され、校長の戒告までは至らなかったが、担任教師から厳重注意のことと決定が下った。

玖美が全校生徒の憧れの的、伝説の人になったのはそのときから。地震を予知したとして、カシオペイアをもじりクミオペイアと呼んだ社会科の馬鹿な教師がいたが、玖美のいる教室でそれを披露したとき、男子生徒から、ダッセー、さいてー、何その語感、タロイモじゃねんだから、死んじまえーと、意味不明の野次を浴びせられ、社会科教師はシュンとなり、その名はあまり流行ることなく間もなく廃《すた》れた。

にもかかわらず、玖美は玖美のままで、常に生徒や教師の噂の的になりながら、決して翻弄されることなく、それがため、ますます彼女の伝説度は高まっていった……。

15　ブラウス

二宮明彦から送られてくるメールで、中学時代の有澤玖美の様子がだんだんと明らかになってきた。

メールに記されたエピソードを読み進めながら、確かにそこに玖美らしい人物が影を落としているようだった。が、もしかしたら当の本人は、彼女を知る人たちの記憶の中でひらりと身を翻し、ただ遊んでいるだけとも思わないではない。口元をちょっぴり歪める癖を顔に貼りつかせ、ときどきジッとこっちを睨んで立っている……。

体育の髭モジャ熊沢先生と国語の轡田先生が付き合っているという噂が広がったのは、地震の日、玖美が裸のままプールで泳いでいた事件があってから三カ月ほど経ったころだった。生徒は、ふたりをKKカップルと呼んで噂の種にした。

その後、事件が職員会議で問題になったとき、事情を訊かれ泣き出しそうになっている轡田先生を会議室のドア越しに見た生徒がいて、「くつわだ泣いてるぞ！　くつわだ泣いてるぞ！」と囃《はや》し立て廊下で騒いだ。会議を中座し、喚《わめ》く生徒をつかまえゲンコツを食らわしたのは熊沢先生だった。自分が玖美の裸を見ていなければ、こんなことにはならなかったと熊沢先生は筋肉質の頭で考えたに違いない、二宮明彦はそう書いていた。

轡田先生はその後、お得意のミヒャエル・エンデをあまり持ち出さなくなった。伏目がちに、おどおどしているにもかかわらず、無理に毅然とした態度で授業を押し進めようとする先生に、勉強などしたくない男子生徒の幾人かは、ことさら意地悪な質問を繰り出し、先生を困らせ、授業の進行を遅らせようと画策した。

「先生、質問があります」

立ったのは、赤い鼻がやたらに目立つトナカイと渾名《あだな》されている少年だった。赤いだけならいざ知らず、ブツブツみすぼらしい穴まで開いて脂ぎっていた。

板書をしていた轡田先生は、チョークを黒板に当てたまま、体を捩《よ》じって声の主のほうを振り向いた。

「先生、質問があります」

「なんですか」

質問の中身を予想したのか、抑えようとした声がよけいにふるえ、ぎこちなく教室内にひびいた。

「きのう伊勢佐木町で熊沢先生と一緒に歩く先生を見ましたが、その後どこに行ったのですか。蟹タニの方はラブホテル街だと思いますけど……」

赤鼻の少年の質問に、轡田先生は、ポッと顔を赤らめた。

「美味しいウナギを食べさせるお店があるというので、一緒に行ったの」

「ええっっっ!!! だって、不二家から出てきたばっかりなのに? それは絶対嘘です!」

「嘘じゃありません」

「嘘だよ。嘘!! 先生は野菜サラダとコーンポタージュだけだったけど、熊沢は、熊沢先生は、ハンバーグ定食。ライス大盛り。それも、ウェイトレスに向かって、特大の大盛りにしてくださいなんて頼んでひんしゅく買ってたじゃないですか。生ビール二杯と白ワインも飲んでたし。食い終って、ああ食えねー食えねーもう食えねーなんて言っている熊沢に、熊沢先生に、先生、そんな、腹なんか叩かないでくださいと言ってたでしょ」

「言ってないです」

「言ってた。嘘じゃないよ」

トナカイの仲間がやんやと囃し立てた。

「言ってません!」

轡田先生は今にも泣き出しそうな顔になっている。

「わたしが言ったのは、腹を見せないでって言ったの」

「やっぱり言ったんじゃないですか。それより、あんなに食べたのに、すぐまたあとでウナギって、おかしい」

「何が?」

「食えないだろうってこと。先生は食べられても、熊沢は、熊沢先生は、道を歩きながらも苦しそうにしていた。ウナギどころか、もうポテトチップス一枚だって入らないみたいだった。不二家のハンバーグ定食の大盛りをペロリ食べたのに、無理だって、そんなの。あ。わかった。ウナギを食いに行ったんじゃなくて、熊沢先生、先生を食べに行ったんでしょ」

教室内にドッと笑いが起こる。轡田先生は、目にうっすら涙を浮かべ、こぼれぬようにカッと目を見開いた。

「先生を食べにとは、つまり、どういうことですか?」

「エッチ」

「エッチって? セックスってことですか?」

「そう」

「していません!」

「嘘」

「嘘じゃありません！」

「嘘だー」

「なんでですか？」

「おれ、見たもん！」

「何を？」

「ホテルに入っていくところ……」

轡田先生の目から我慢していた涙がとうとうこぼれた。その瞬間をとらえるように玖美が立ち上がる。

「先生、セックスしたって言えばいいじゃない。悪いことしたわけじゃないんだから。それより授業をしてください。ところで、トナカイ君の包茎は直ったの。本屋で医学書見たってしょうがないわ。自分で少しずつ剝《む》くしかないみたいよ」

結局、熊沢先生と轡田先生のことは分からずじまいだった。

轡田先生に意地悪な質問をした赤鼻の少年は、玖美にやりこめられ、顔全体が赤くなり、相対的に鼻の赤さが目立たなくなった。玖美にやられたんでは太刀打ちできないと観念したか、へなへなと自分の席に座り、黙り込んでしまった。

轡田先生はくるりと体を黒板に戻し、続きを書いていったが、板書の字がやたらとふるえ、ブラウスの背中はまるで裸を曝しているようにも見えた。身をずらし伸び上がって板書する轡田先生を、玖美は可愛いとも剝がしてみたいとも思ったかもしれない。

授業が終り廊下に出た轡田先生は、玖美に近づき「わたしはしてません」と蚊の鳴くような声で呟いた。玖美は先生のブラウスに手を掛けグッと引っぱった。第二ボタンが弾け飛び、床の上をころころ転がっていく。玖美は何も言わずにサッと中庭に躍り出た。

16　友人宅

二宮明彦はその後も頻繁にメールを送ってきた。ある程度の量になったところでネット上に紹介したこともあり、弾みがついたのかもしれない。

調子づいた二宮の文章から想像される玖美の姿は、目の前の玖美と重なるようでありながら、最後のところでどうも上手くいかない気がした。

朝、あわてて目を覚まし、いくら目を凝らしても周囲のものに焦点が合わず、目脂をこすろうとしたその瞬間に、指先に眼鏡がぶつかり、レンズが片方そばに落ちていて、そうか、夕べは友人としこたま飲んで帰り、そのまま寝入ってしまったのだなと気づくことがある。レンズを拾い、フレームにカチリと合わせれば、馴染みの世界はすぐに戻ってくるけれど、二宮のメールから彷彿となる玫美は、レンズが外れた眼鏡のままで懸命に焦点をあわせるのにも似て、どうにも焦点が合わず、まったくの徒労、無駄な努力を強いられているように思えてくる。

水槽の中の、玫美によく似た金魚をすくい、肛門から入れてみる。はじめは巧くいかなかったが、息を抜きつつファイバースコープを入れるときの要領で、力をゆるめたその隙に無理やり中へ押し込んだ。ギギとウロコが腰にこすれる音が腹をくすぐる。金魚は中へ中へと入っていく。

腹に金魚を秘蔵したまま、友人宅を訪ねてみることにした。

横浜まで出て、友人の好きなユーハイムのチョコレートケーキを買い、最近出たばかりの『穴』を探しに有隣堂へ向かった。新刊のコーナーと学術書のコーナーをていねいに見たのだが、目的の本が見つからず、仕方がないので、検索サービスの受付で調べてもらうことにする。

「すみません。たしか原書房から最近出たと思うのですが、『穴』はありますか?」

「はぁ?」

「『穴』です『穴』。お尻の穴の『穴』」

「忙しいんです。からかわないでください。お次の方どうぞ」

「ちょ、ちょ、ちょっと。からかってなんかいませんよ。『排泄全書』なんかを出している原書房から出ているはずなんです。『排泄全書』には、毎朝の密かな営み、とキャッチコピーまで付いていましたから」

「それと、お探しの本と何か関係があるのですか?」

「いや。だから、からかってないってことですよ。とにかく検索してみてください。このあいだパンフレットを見たばかりなんですから」

不審そうな目でわたしを睨み、後ろに並んでいる人へ目配せをしてから、仕方なくキーボードを打ちはじめた。しばらく画面を見ていたが、気の毒そうな表情をつくり、「お探しの本は見つかりません」と、眼鏡の女店員は言った。

「そんなことはありませんん。最近出たばっかりなんですから。ちゃんと探してください。ひょっとしたら、タイトルが違っているかもしれません。『穴について』とか『穴考』とか『人間の穴に関する一考察』とか『世界の穴』とか『上の穴も下の穴も穴は穴』とか『穴ばっか』とか『ウの八の謎』とか『穴に墜ちる』とか『山の穴穴穴』……」

「いい加減にしてください！　タイトルに穴の文字が入っていれば、検索で引っかかってくるんです。嘘だと思うんなら、ご覧になったらいいでしょう」

女店員はキッと目を見開き、パソコン画面を回転させてわたしのほうへ向け、勝ち誇ったように眼鏡をスッとずり上げた。わたしはゴクンと生唾を飲みこむ。腹の中で金魚が身を捩じらせたようだった。

金魚を腹に押し込めたままであったことを思い出し、女店員に礼を言うのもそそくさと、近くの自動販売機へと急いだ。ミネラルウォーターを買い、ゴクゴク飲んで、金魚の渇きを癒してやった。買ったばかりのチョコレートケーキが箱の中でコトコト鳴った。

友人宅は東横線沿線にある。線路沿いを歩きながら、さっきの女店員のことを考えてみる。いや。考えるふりをしてみる。次に、考えてみることと考えるふりをしてみることの違いを考えてみる。いや。考えてみることと考えるふりをしてみることの違いを考えるふりをしてみる。その次に、考えてみることと考えるふりをしてみることとの違いを考えてみることと考えてみることと考えるふりをしてみることの違いを考えてみる。いや。考えてみることと考えるふりをしてみることとの違いを考えてみることと考えてみることと考えるふりをしてみることの違いを考えるふりをしてみることの違いを考えるふりをしてみる。疲れる。

頭の中がぐるぐる混乱し、言葉なんてどうでもよくなったころ、目じるしの大きなプラタナスの老木が目に入り、すくわれた気がした。気がした気がした。

いそいそとドアの前に立ち止まり、チャイムのボタンを押す。友人はドアロックを外して招き入れ、コーヒーを淹れに台所に立つ。友人の背中に抱きつき、前に手を回し、彼女が持っているカップをいったん下におろさせる。わたしの気分を察した彼女は、出勤する足取りで数歩畳の部屋まで歩き、これから一日の決められた仕事につくような静謐さで布団を用意する。わたしは黙って服を脱ぎ、先に布団に入る。目を閉じて彼女の動作を想像する。宇宙服を身にまとった飛行士が火星に降り立つ姿が重なる。滑り込んでくる友人の匂いを吸いこみ、手のひらを静かにずらしつつ、火星の表面に意識を集中させる。

中まで入ろうとしたそのときに、ガリリと鈍い音が腹に響いた。あまりの痛さに目を開ける。玫美に似た金魚が肛門から飛び出し暴れている。背びれが肉を引っ掻いたのだろう。見る間に鮮血が吹き出しシーツを赤く染めていく。

裸のまま立ち上がり太腿の内側をつたう生ぬるい血を感じながら、暴れる金魚を台所まで運び水道水できれいに洗った。水で薄まった血がアルミの上をすべり、排水溝のゴムの穴に飲み込まれていく。ボールを借りて水を張り金魚を放す。ぶるんと体を震わせ一瞬宙に身を躍らせたが、あとは、ボールの中央におとなしく身を置き、尾びれを二度三度ふわりとひるがえし静かに呼吸している。

肛門から流出する血はなかなか収まらず、友人に、ボラギノールの座薬を買ってくるように頼み、わたしは、ヨガの行者がやるような猫のポーズをとって肛門が下を向かぬよう、必死の努力を続けた。

友人は帰ってこなかった。切れた痔の痛みに耐えながら、わたしはまんじりともしないで朝を迎えた。痛みは熱を帯び、頭の奥にまで到達し芯の芯を痺れさせる。

彼女が帰ってきたのは、翌朝三時。ボラギノールの座薬を頼んだのにプリザエース軟膏を買ってきたので、一発顔にみまってやったら、見る間に彼女の鼻から血が垂れ、玄関のたたきを濡らした。

17　宿の主人

おゝい。そっちは崖だからあんまり近づかんほうがいいぞー。

まったく最近の若者は恐いもの知らずというか、ひとの迷惑かえりみずっていうのか、無鉄砲極まりないですよ。

このあいだも、二十歳ぐらいかなあ、娘さんが一人で登ってきて、三泊したあと、朝早くにふらりと出ていった。ガスがかかっているから、晴れてからにしなさい、もうすこし待ちなさいといっても、聞くもんじゃない。どんどん行くから、もう放っておきましたよ。遭難のニュースもなかったから無事下山したんじゃないんですか。え。警察の方じゃないんですか。そうですか。それならそうとおっしゃってくださいよ。ふゝ。びっくりした。何かあったのかと思うじゃないですか。

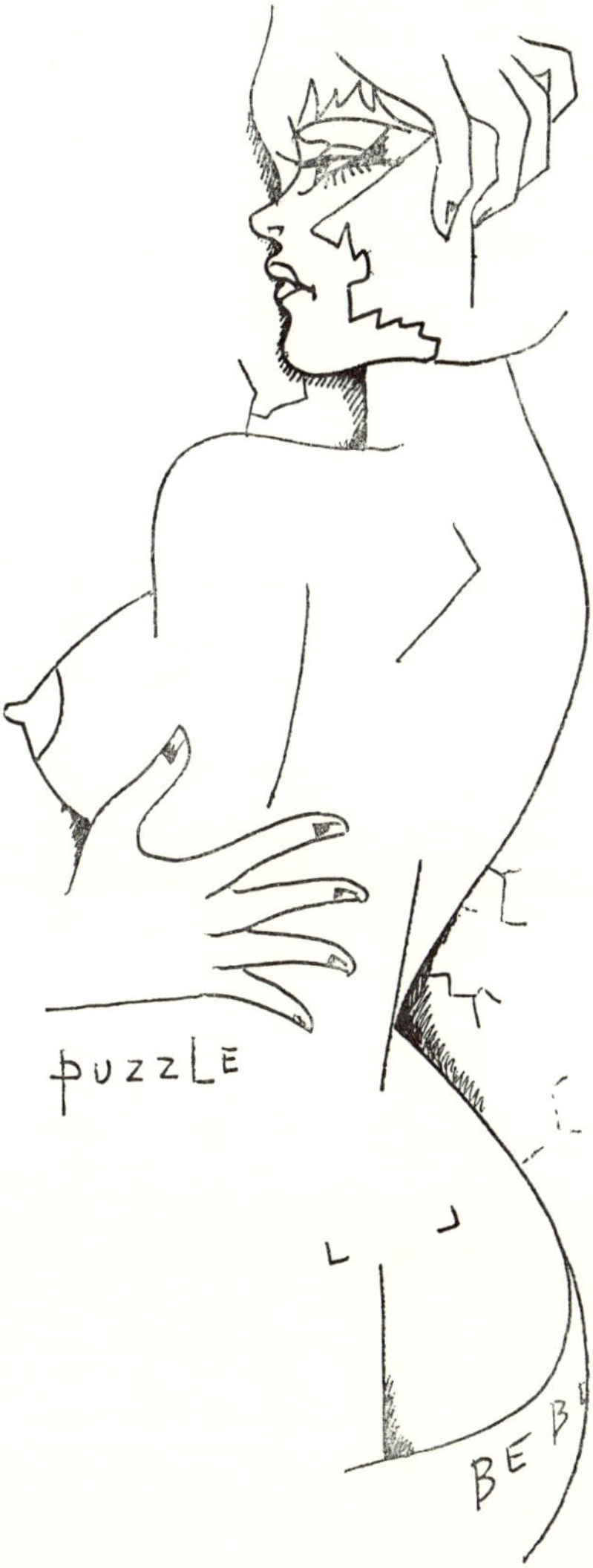
PUZZLE

いや、いいですよ。いまはそんなに忙しくないですから。あと三十分したら、食料の買い出しに行かなきゃなりませんがね。

ええと、ちょっと待ってください。先週の買い出しの日だから十五日かな、この山には相応しくないようなべっぴんさんで、おおおって、みな仰《の》け反《ぞ》りましたよ。そりゃ、もちろん美人や可愛い娘だっていっぱい来ますよ。でも分かるじゃないですか。ああこの娘は山歩きが好きなんだな。冬は友だち同士か恋人と一緒にスキーも楽しむのだろう。結婚して今度は旦那さんと一緒に来たかと思ったら、数年経ち、今度は子ども連れで、なんてことも珍しくない。

そうかそうか。ごめんなさい。そうでしたね。玖美さん。そう、有澤玖美さんて、たしか言いましたよ。宿帳を見れば分かりますけど、間違いありません。

そりゃもう、宿泊していた若い男たちは色めき立ちましたよ。

若い男だけじゃなく、秋になると毎年やってくる、名前は控えさせていただきますが、中年夫婦がいて、その旦那まで、奥さんの手前もあるのでしょう、普段そんな態度は毛ほども見せない人なのに、妙にそわそわし出して、玖美さんのことを熱っぽく視てました。

奥さんに叱られているのをはじめて見ましたよ。佐久間良子に似た美人の奥さんで、いつもはとてもおとなしい。毎年のことだから、わたしの家内とも大の仲良しで、話し相手になってくれるばかりか、仕事を手伝ってくれることもあります。

その奥さんが玖美さんに嫉妬したんでしょうね。みんなが寝静まったころ、戸締りを確認しに見回っていると、夫婦の部屋から声が洩れ聞こえてくるんです。それがどうも玖美さんのことらしい。いや、別に何があったわけじゃないと、思いますよ。……ん、なんてことはあり得ない。そりゃ、少しは話をするぐらいのことはあったかもしれないが、その程度だったと思いますよ。それなのに、あの奥さん、珍しく怒った。女の勘、てやつなんですかね。

玖美さんをひと目見て、これはあぶないって感じたんじゃないんですか。

おたくはどうなんです？　そのくちと違います？

あれは、山のひとじゃない。海のひとですよ。それも相当深くの。惹きつけちゃうんだろうなあ。そりゃ、わたしだって見とれましたよ。女房に気取られないように注意しながらね。ははは。

いわゆる美人というのとも違う。なんていうのかねえ。え。どれですか。ああ、ああ。そうそうそう。こんな感じ。こんな感じですよ。人形みたい。西洋人形。え。嘘でしょう。これ、人形なんですか。へえ。そうですか。こりゃ驚いた。これにそっくりでしたよ。しかし、よく似てるなあ。これ、玖美さんをモデルにして作ったんじゃありませんか。実によく似ている。女房に見せたら驚きますよ。いや、蒸し返すこともないか。それにしても、知らないことはあるもんだ。いや、驚いた。

これは内緒ですが、あの旦那、奥さんを残して居なくなったんですよ。玖美さんを追いかけて行ったんじゃないかと思われてもおかしくないぐらいのタイミングでしたから、奥さんはもうカンカン、あわてて荷物をまとめて帰っていった。

どうしたかなあと思っていたら、しばらく経って、旦那のほうから、このあいだは失礼しましたって電話がありましたよ。憑き物が落ちたみたいにすっきりした声で、また来年お世話になりに伺いますって言うから、その後、奥さんとは仲直りしたんでしょう。詳しくは知りませんがね。

そうだ。思い出した。暗いうちに出かけた玖美さんの部屋を片付けていたアルバイトの学生が、緊張した面持ちで部屋を見に来てくれと言うもんだから、どこか壊されてでもいるのかと思いながら部屋に入ると、そうではなく、白いシーツのそこだけ青く光っていた。触ってみると微かに濡れている。ぼーっとしているうちに、朝日が昇ってきて、強烈な光が射し込み、あわててカーテンを閉めたときには、青い光は消えていた。信じられます?

あの、玖美さんていう人は、どういう素性の方なんですか。お知り合いなんでしょう。わたしはかれこれ二十五年もここでこの仕事をしていますが、あんな人に会ったのは初めてですよ。まったく。

ところで、どうします。お泊りになりますか。シーズンオフでお安くしときますけど…。わたしはこれから買い出しに行きますが、もっと、彼女のことを聞きたいのでしょ。

崖のほうへは近寄らないでくださいね。

どうぞどうぞ。お客さんだよー。

18　イマジナリー・ナンバーズ

インターネットの普及は人類に何をもたらしたか。ワールド・ワイド・ウェブの蜘蛛の巣状に張り巡らされた粘着質の網の上で、跳ぶことも降りることもできず、ピキピキッと神経的に痙攣《けいれん》している。全身をバネにして飛び跳ねようとするため、どうしても肛門がキュッと締まり、必然的に勃起状態となり性欲が亢進する。

陸上部に在籍していたころ、先輩が百メートルを速く走るコツを教えてくれた。なんのことはない、肛門を締めて走りなさい、それも極めて強く締めて走れというものだった。

指示どおり肛門をギュッと締め、さらに締めたら前がムズムズした。そのうちにピストルが鳴ったから、仕方なくそのまま走った。後で見ると陰茎の皮が剝け、血が滲んでいた。

事ほど左様に、針を刺せば痛いし痒いところは相変らず痒いので、生きていることに間違いはないのだが、気分がどうにもすぐれない。リアリティーがない。アイデンティティーがない。生々しさがない。そういったものは、人間が生きていくうえで、必要なことではなかったのか。

どこへ行けばリアリティーや、アイデンティティーや、生々しさがあるのだろう。都会には、もはやない。田舎ならどうだろう。

故郷に帰り、知人や親戚の叔父たちと酒を飲み、翌朝九時に父に起こされ、遅い朝飯を食し、サンダル履きでのこのこと田んぼの畦に立ってみる。ふむ〜、と息を吸い、ふは〜と吐く。腰に手を当て、ふるさとの山に向かって言葉を探してみるものの、蚊トンボみたいな台詞しか脳裏に浮かばず、やっぱり降りられない。

足掻いた果て、付近に人がいないのをいいことに、湿った草の上に腹這いになり、水を張った田んぼに手を入れ掻き回してみる。ぐるぐるとドブを浚《さら》うように掻き回す。焦げ臭い土の匂いが鼻腔を刺激しただけで、リアリティーの欠片もなければ、アイデンティティーなど偏在していない。

やっぱり都会だ。きのうも電車の中で、女子高生四人の匂いを嗅ぎつつ、そ知らぬ顔で、動物園の爬虫類よろしく存在感を薄めることに努力したのだ。しかし、かえって目立ったかもしれない。

保土ヶ谷駅で降りようとした一番色白の娘が、残り三人に向かい「オッカレーション」。すると、三人揃って「オッカレーション」「オッカレーション」「オッカレーションン」。ははは〜、なるほど、いまどきはそう言うのか。「ションン」のところに、思いやりとも言えない微かな思いやりが込められている。

ところが、次に続いた音声は、言葉なのか、記号なのか、新規のオノマトペなのか、まったく意味不明。「テテテテテ」「テテテテテ」「テテテテテ」「テテテテテ」。なにそれ？　わたしはつい気をゆるめ、娘たちをまともに見てしまった。目が合った。すると、付けまつげの一番派手なのが「おれたちのニオイ嗅いだな。ヤラシイ!!　おやじ。ヤラシイよ」「ヤラシイ」「ヤラシイ」「ヤラシイ」。今度はヤラシイの輪唱。

間もなく電車は保土ヶ谷駅に到着。衆目に曝されながらも、わたしは泰然として電車を降り、振り向きざま果敢に、

「ニオイ嗅いじゃいけねーのか。おめーらのウンコ臭いオ〇〇コなんか興味ねーんだよ!!」

すぐにドアが閉まる。行きつけの寿司屋で寿司を食い、馴染みのスナックで思う存分にカラオケを歌って帰った。午前一時就寝。

都会もいいが、休日もいい。

友人からもらったパリみやげの紅茶を啜りながら、今年最高のH本『イマジナリー・ナンバーズ　コンピュータによるヴィジュアル・プログラミング・ラボラトリー』の頁を繰る。

パスタを茹でるほのかな香りがしたと思ったら、「今日は 小説 お休み?」と玖美が言う。

19 二辺の和

聞きたければ話すよ。

玖美はテーブルにもたれ、脚をくずしてピザ風味のポテトチップスをパリと頰ばる。わたしが大学生のころ、仙台の八木山というところは、自殺の名所で毎年二、三人が橋の欄干を越えて谷底へ飛び込んだ。その後、有刺鉄線が張られたから、今どうなっているかは分からない。

紅葉の季節ともなれば、青葉城址の伊達政宗像をみた観光客たちが、まるで何かに引かれるように、八木山橋のコースを散策した。橋へ一歩踏み出すとき、さすがに躊《ため》躇《ら》われるものの、おずおずと歩を進め、真ん中あたりまで来るうちに、気分はすっかり変っていることに気づく。

色とりどり鮮やかな黄や紅に染まった木々に心を奪われないものはいない。天狗の哄笑さえ聞こえてきそうなのだ。

夜更け、仙台交通のタクシーが八木山橋を通りかかったとき、初老の婦人が、まさに欄干を飛び越えようとしているのを運転手が目撃し、すぐに車を端に停め、走り寄り、婦人の腰を押さえにかかった。ところが、意識が最早この世にない人間の力はすさまじいものらしく、男の腕を蹴上げてさらに身をおどらせた。運転手も必死。みすみす人を死なせてなるものかと、あらんかぎりの力で引っぱった。振り向いた初老の婦人の、蒼白な顔、血走った目、耳まで裂けた口は、当時流行した口裂け女か、八木山に昔から住むと伝えられる山姥《やまんば》かと思われた。一瞬ひるんだものの、なりふりかまわず、ぐいと引きずり下ろしたという。

谷口アパートの管理人・正木千津子さんから聞いた話。名義は正木正治という父親で、気仙沼のほうに実家があるといっていた。アパートの管理を独身の千津子さんが任されていた。

千津子さんは自分の仕事を終えると、よくわたしの部屋にきて、問わず語りにいろいろ教えてくれた。話し好きで、興がのってくると身を乗り出し目まで血走ってくる。おやおや。山姥はひょっとしてこの人じゃないのか…。

千津子さんには東大を三度受けて失敗し地元の大学に入った弟がいたが、彼は精神を少しわずらい、病院に入ったり出たりしていた。気の毒な弟の因果話をしていても、千津子さんはどこか楽しげで、恐ろしくなったわたしは、「コーヒーを淹れましょう」と立ち上がった。

ん!? 婦人を助けた運転手かい? 千津子さんの話によれば、そのことがあってから一週間後、誰かに呼ばれでもしたように、同じ夜更けに八木山橋に差しかかった件《くだん》のタクシーが、居眠り運転をしていたらしく、欄干にまともに突っ込み即死したのだという。

割れたフロントガラスに白髪交じりの長い髪の毛が何本も絡まっていて、あれは助けられた婦人のものだよとまことしやかに噂された。

婦人のことは杳として分からない。身寄りのない人だったとか、小牛田にある老人ホームでその後静かに亡くなったのだとか、結局、また別の日に八木山橋から身投げしたとか、噂はいろいろだった。

玖美の白い華奢な指がいつの間にかわたしの股間にとどいている。むくむくと欲望が形をなしてゆくようだ。そのまま話を続けることにする。

……とある日曜日、秋の県大会をひかえ、休日だというのに午前中、陸上部の練習をこなしてへたばり、部屋に戻り食事をとってから、片付けるのも面倒臭くなり、わたしはそのままごろんと床に寝転がっていた。

眠ってしまったのだろう。コンコン、コンコン、コンコンと、部屋のドアを静かにノックする音で目が覚めた。むっくりと起き上がり、顔のバランスを気にしながらドアを開ける。千津子さんの弟が立っていた。

だって、双子と思えるぐらいにそっくりなんだもの。すぐにわかったさ。

姉のところに来たのだけれど、姉は出かけているみたいで、自分は鍵を持っていないから、姉が帰るまで居させてもらえませんかって。

ん!? あ、ごめん。痛かった? つい力入れちゃって。

千津男っていうの。本当だって、嘘じゃないって。おれだって思わずプッと笑ったもの。千津子に千津男じゃ、冴えない夫婦漫才みたいだもんな。

その千津男が、なんかね、数学の大論文を書いて京都大学のなんとかという教授に送ったのに、何の返事もないって憤慨しているわけ。恐くなってさ、おれ。ああ、この人精神を少し病んでいるそうだからな。聞いてあげなくちゃって思った。千津男もそれを敏感に察したのだろう、身を乗り出してきた。その格好がまた千津子さんに瓜二つ。千津子さんが変装して、おれをからかっているのじゃないかって思ったぐらいさ。

でね。数学の大論文というのはさ、三角形の二辺の和は、他の一辺に等しいというもの。おかしいじゃない。小学生でも「この人アタマ、変」て思うと思うよ。だって、三角形の二辺の和は、他の一辺より大きいことに世界中どこでもなってるでしょ。

千津男にいわせれば、それがユークリッド幾何学の最大の誤謬だっていうわけさ。そんで、三角形の二辺をきざんで、もういいかい? ま〜だだよ。いくと、無限級数的回数の刻みの果てに他の一辺に重なるっていうの。こんなふうに。

ウッと玖美がいい、ポキリと折られた小指が手首に重なる。プアプアプアプアプア、小指だけ別の生き物で、玖美の顔から見る見る色が失われていく。

20 匂い

夢がギュルギュル音をたてて渦を巻き濃度を増してくる。石が割れ、流れた水からあやまっていのちが芽吹く。百万年の時も、過ぎてしまえば昨日と同じ。あるといえばあり、ないといえばないもの。脳内に像を結んだだけかもしれず、すべては、この世の切片を持ち帰りたくて悪戦苦闘しているだけ、とも思えてくるのだ。

好きな賢治の童話や心象スケッチが、なぜあんなに恐かったのか。薄氷の上をおっかなびっくり歩いているような感覚に襲われもしたのか。

バリンと破れ、奈落の底に突き落とされるように感じたことさえある。それは、近親相姦の匂いであり、母親の心が分かって恐ろしくなった児が胎のなかをクルリ踊るのに似ていたのかもしれない。

「ふふ。弟の肌にそっくり」

朝、目を覚ますと、横に寝ていた玖美がわたしの脇腹を静かに撫でながら、そう言う。

わたしの頭はまだ薄ぼんやりしていて、なかなか現実の像を結ばない。ただ、玖美の冷たい指の感触だけがこの世への通路を指し示してくれるようなのだ。

ギュルギュルギュルと腹が鳴る。また布団を蹴り上げ、あらぬ方向へ踏みやり、もうコロコロと虫が鳴いている秋だというのに、裸のまま寝入り、冷えてしまったのだと気づく。我慢できずにトイレに走り、便器に跨《また》がり用を足す。

急に思い立ち、いましがた自分の腹から出てきたばかりのその物体を手で掬《すく》い、握りつぶしてみる。手のひらに擦りつける。特別の感興は何も湧いてこない。現実感はまだこない。美醜を超え、ただただ臭いだけと識《し》る。

識るより先に、糞の付いた指を自分の鼻に持っていってしまい、鼻の先に糞が付着する。臭い臭い臭い臭い臭い。もう、豚みたいなのだ。

仕方がないから、まず、足指を折り曲げ、レバーを「大」の方へもっていこうと努力した。便器の水を一旦流そうとした。が、狭い場所で無理な体勢をとったためだろう、脇腹がグワンと撓《しな》い猛烈に攣《つ》った。画数が多くて漢字テストに出たらとてもじゃないが書けないじゃないか、なんて、どうして思ったのか。それぐらい、攣った脇腹は痛かった。攣った箇所の緊張を解きほぐすべく、その側の側筋を思いっきり伸ばしたら、今度は反対が攣った。やっべー!! ってんで、急いでそこを弓のように曲げる。今度は元の側が攣る。こっちを伸ばせばそっちが攣り、そっちを伸ばせばこっちが攣る。どうしようもない。ちゃんーちゃかちゃかちゃかちゃんーちゃかちゃかちゃかちゃかちゃかちゃかちゃかちゃかちゃかちゃーんの、ラジオ体操を窮屈なトイレの中で実践したのだ。

深刻に始まった今日の日が、いともたやすくギャグにすり替わる。なんとか痛みは治まり、今度は、スナックのおねえさんが客のおじさんに体を摺り寄せ物をねだるときのように、攣った脇腹をタンクのレバーに摺り寄せ水を流そうと図る。これは上手くいく。

それから、便器に奇麗な水が溜まるのを待ち、糞にまみれた手を突っ込んで洗った。ニオイを嗅いだらまだ相当に臭かったので、洗っては流し、洗っては流しを繰り返す。最後にやっと体を真っ直ぐに立たせ、ふ〜と息を吐く。手を石鹸で洗いなどして、タオルでしっかりと拭いてから寝床に戻る。

したら、いきなり玖美が、

クサイクサイクサイ、ミヒラ、クサイよー!!

滑舌のわるい玫美の台詞は、ほとんど、クセークセークセー、ミラ、クセーよー!! に近い。思わず玫美を抱きしめた。玫美の冷たい細い指がしない、パッチーン!! と平手が飛んでくる。

重要なことを失念していたことに、わたしはそのときまで気がつかなかった。それは、雪隠に居て臭きを忘れるという観点。手に付着した自分の糞をすっかり洗い落としたまではよかったが、それは、そうと思い込んでいただけで、臭いはそう簡単に落ちるものではない。

鼻がすっかり麻痺し、日常性を伴っていなかったのだ。なだめたりすかしたり、気を逸《そ》らせようとしたのだが、不毛な努力は一向に報われず、その日、玫美は半日わたしとセックスをしなかった。

21　弛緩

「みら、わたしのことを書いたでしょ」

「……」

「小冊子に」

「だって、あれは、あなたのことでもあるけど、これまでつ」

パシーン！　ときた。くると思った。折られた指は、もうすっかり治ったようだ。

「そういうところがキ・ラ・イ」

「どういうところ」

「……」

「言えよ」

「……」

「言ってくれよ」

「……」

「言えって」

「だから、そういうところ。合理化するじゃない。嘗めるように。嘗めて傷口を癒すみたいに言葉を塗《まぶ》すでしょ。黙れ！」

「黙ってたら、なにも変らない。それに、なにがどうなのか、さっぱり分からない」

「また、嘘をつく」

「嘘じゃない」
「嘘よ」
「それよりさ……」
「……」
「ダメよ」
「な」
「ダメ」
「よーよーよー」
「今日は、ダメ」
「なんで」
「分かるでしょ」
「よけい、もえる」
「ばか」
「おれ、ばっかだも〜ん」
「それも、ダメ」

時がたち、最低と絶頂はつねに交錯し、どこまでが真面目で、どこからがふしだらか皆目見当がつかず、いつものように、どうでもよくなる。

どんなに壊れ、気違いじみていても、真っ当と思い込みたい二人は、いや、わたしは、玖美を誘って一緒に黄泉の国へと旅立つことにした。

ダンテみたいで面白そうと、玖美ははしゃいでいる。なんだこの女、とわたしは思う。冷たい人間は自分だ。

ふと、わたしの半生は黄泉の国を旅してきたようなものであり、どんなに視力を利かせても、どれ一つとして物語は収束せず、遠近の果てを想像しているうちに、精神が疲れ果て、ああ、こんなのは現実どころか黄泉の世界に違いないとも思ったのだが、どんな言い方をしても、また玖美にこっぴどくやり込められるのがオチなので、せっかくの旅立ちを汚すのを怖れ、黙って笑みを持続するだけにした。

玖美はササササとすばやく用意をし、いつでも出発できる形。わたしは、ジーパンにトレーナーの格好で、手帳とボールペンと財布と印鑑とパスポートと玖美用のトイレットペーパーと今読みかけの文庫本三冊と梅干の袋とおつまみ昆布とサクマのイチゴミルクと手帳と（手帳はすでに持ったので、一冊は元に戻して）下着上下三枚ずつと腕時計はいつも着けているからいいとして目覚まし時計とコンドームと紐とホッチキスとセロハンテープと正露丸とルルゴールドと濡れティッシュとメガネ拭き（乾燥しないといっても、三枚百円は高い！）三袋と靴下三足と仁丹と印鑑は使い道がないので、はな

「なにしてんだよー」

どこに降り立つにしても、スタンプの押していないパスポートは意味ないじゃないか、それに、俺は三という数字に固執し過ぎていやしないかと思ったが、引き返してまた怒鳴られるのは嫌だから、パタパタと、眩暉《めまい》するほど真っ青な空に向かい急ぎ飛び立つことにする。今日は、肩甲骨の調子がいい。

22　眩暈

島が見えてきたので降りてみることにする。

わたしたちに気がつかないのか、魚を籠に入れた老婆が足早に過ぎていった。どの魚にも、あるべき場所に目玉がない。遺跡調査を行った後のような穴がぽっかり空い

ている。

記憶の底へ引き込まれる眩暈《めまい》がしそうな雲行きで、怖くなったわたしは、それ以上老婆を追いかけるのを止めた。

肩に重そうな綱を掛けた男が歩いてくる。この男も、わたしたちに露ほどの注意も払わない。見えているのか、いないのか。

気になりはじめたので、声をかけてみることにする。男は、こちらの真意が分かったとでも言いたげに、「この島には巨大な鰐《わに》がいる。気をつけなさい。わたしはこれから鰐をつかまえに行くところだ」

男の声には色が着いており、煽られるようにして、さっきまでモノクロの風景にしか見えなかった物や人が俄然華やいだ。

来る途中、玖美に言われた「わたしといた時間までなくならないでしょ」も、ほとんど気にならなくなっていた。目の前に現れるものに適宜反応するだけではないか。それしかない。わたしはわたし。玖美は玖美。

そんなことより、いまは鰐だ。わたしという存在の輪郭は太く荒々しくなっていくようだったが、こんなことには必ずといっていいほどツケが回ってくる。遺伝子がイェ〜イ！　と叫ぶ声がする。迷わずに、鰐《わに》の捕獲に向かう男に随《つ》いていくことにする。

わたしは、男と少し馴染みになっておくほうがよかろうと考えた。

「鰐という字は、サカナ偏にガクって書くんですよね。あれは、顎が発達しているからですかね」

「……」

「つまり、鰐という字の右側がアゴの意味ですかね。すると、どうしてアゴはまた顎と書くんでしょうね。首の上がアゴだから顎という字の右側は頁ではなく首にしたらよかったのにね。ね。ね。そう思うでしょ。あはははは…　なんだか自分でも訳分からなくなってきましたよ。ところでその鰐、どれぐらいの大きさなんですか。あなた一人で大丈夫なんですか」

「……」

「誰かほかに手伝いの人が来るんですか」

「誰も」

「一人じゃ無理でしょ」

「あなたが」

「わたしはダメですよ。鰐なんか捕ったことないですもの」

ふと見ると、玖美はもうすっかり姿を消していた。わたしはそれほど傷ついていないようだった。

「最初は見ているだけでいいんです」と男。

「見ているだけでいいんですか。わたしには、さっぱり分かりません」

「見ていれば分かります」と、男の目玉がギロリとわたしを睨んだ。

男はどんどん浜づたいを歩いていく。どう見ても鰐などいそうにない。鰐って、ジャングルにいるものでしょ、と男に訊こうとしたが、またあの目で睨まれたら堪らないので、黙っていることにした。

浜の景色は変らないのに、歩けば歩くほど天気は悪くなっていく。もうこんなのいやだなあと思いはじめたころ、男はそうと気づいたのか、どさりと綱を下ろし、やにわに呪文のようなものを唱えた。

とうとう雨が降り出した。ばかりか、凄い風が吹いて、海は一瞬のうちに黒々と逆巻き、ビルの高さほどの波が押し寄せてきた。と、思う間もなく、黒い水の下を、どでかい白いものが泳いだように見えた。まさかあれが…。

姿を現した鰐はクジラほどの大きさがあり、猛々しく恐ろしくもあったが、鰐らしくないので、これはきっと夢に違いないと思った。なぜなら、鰐に目がない。すると男は、爬虫類のような指で迷わず自分の目玉をくりぬきわたしに渡した。それを鰐めがけて投げつけろと言う。言われたとおりに、ヌルリとした二つの目玉をスナップをきかせて思いっきり、海に向かって投げつけた。

波は嘘のように静まり、いつしか嵐も止んだ。

ピチャピチャと、赤ん坊が波打ち際ではしゃぐような音がする。魚みたいに小さな、といってもマグロぐらいの大きさはあったが、一匹の鰐が尻尾を波に打ちつけている。男に教えられ、わたしは綱を持って鰐に近づいた。男の目玉をもらってやたら大人しくなった鰐は、つぶらな瞳でわたしに星印のウィンクをした。睫毛《まつげ》まで生えて変な鰐だ。

犬のようになった鰐の首に綱を巻きつけ、両眼を失くした男を伴い、わたしは村へ向かう。

なんで鰐など曳く羽目になったのだろうと訝《いぶか》りながら、とりあえず歩く。

どこかで見たことのある白い道。遠くの空に、青色絵の具をそこだけ塗り忘れたかのような月がぽっかり浮かんでいる。

23　それほど傷ついていない

白い道に出、これはどこかで見たことがあると強く思った。強く、激しく、持続的に、思念しなければ、何か、必ず、失われることになると、しばし信じられた。

遠くの空には、青色絵の具をそこだけ塗り忘れたかのような月がぽっかり浮かんでいる。

なんで鰐など曳く羽目になったのだろうと訝りながら、いくら考えても分からないし、とりあえず歩いてみることにする。

犬のようになった鰐の首に、綱を巻きつけ、両眼を失くした男を伴い、わたしは村へ向かった。

男に教えられ、わたしは綱を持って鰐に近づいた。男の目玉をもらい、やたらと大人しくなった鰐は、つぶらな瞳でわたしに星印のウィンクをした。睫毛《まつげ》まで生えて変な鰐だ。

ピチャピチャと、赤ん坊が波打ち際ではしゃぐような音がする。魚みたいに小さな、といっても、マグロぐらいの大きさの、一匹の鰐が、尻尾を波に打ちつけている。波は嘘のように静まり、いつしか嵐も止んだ。

すると男は、爬虫類のような指で、迷うことなく自分の目玉をくりぬいて、わたしに渡した。それを、鰐めがけて投げつけろと言う。言われたとおりに、ヌルリとした二つの目玉を、スナップをきかせ思いっきり、海に向かって投げつけた。

姿を現した鰐は、クジラほどの大きさがあり、猛々しく恐ろしくもあったが、鰐らしくないので、これは、きっと夢に違いないと思った。なぜなら、鰐には、目がなかった。

とうとう雨が降り出した。ばかりか、凄い風が吹いて、海は、一瞬のうちに黒々と逆巻き、ビルの高さほどある波が押し寄せてきた。と、思う間もなく、黒い水の下を、どでかい白いものが、泳いだように見えた。まさかあれが…。

浜の景色は変らないのに、歩けば歩くほど、天気は下降線をたどる。もうこんなのいやだなあと思いはじめたころ、男はそうと気づいたのか、どさりと綱を下ろし、やにわに呪文のようなものを唱えた。

男はどんどん浜づたいを歩いていく。どう見ても鰐などいそうにない。鰐って、ジャングルにいるものでしょ、と男に訊こうとしたが、また、あの目で睨まれたら堪らないので、黙っていることにする。

「見ていれば分かります」と、男の目玉がギロリとわたしを睨む。

「見ているだけでいいんですか。わたしには、さっぱり分かりません」

「最初は見ているだけでいいんです」と男。

ふと見ると、玖美はデタラメのなかで、もうすっかり姿を消していた。わたしは、それほど傷ついていないことに気をよくした。

「わたしはダメですよ。鰐なんか捕ったことないですもの」

「あなたが」

「一人じゃ無理でしょ」

「誰も」

「誰かほかに手伝いの人が来るのですか」

「……」

「つまり、鰐という字の右側がアゴの意味ですかね。すると、どうしてアゴはまた顎と書くんでしょうね。首の上がアゴだから顎という字の右側は頁ではなく首にしたらよかったのにね。ね。ね。そう思うでしょ。あははは…　なんだか自分でも訳が分からなくなってきましたよ。ところでその鰐、どれぐらいの大きさなんですか。あなた一人で大丈夫なんですか」

「……」

「鰐という字は、サカナ偏にガクって書くんですよね。あれは、顎が発達しているからですかね」

遺伝子がイェ～イ！　と叫ぶ声がする。もう迷うことなく、鰐の捕獲に向かう男に随《つ》いていくことに。わたしは、男と少し馴染みになっておいたほうがよかろうと考えた。そんなことより、いまは鰐に集中すべき時。わたしという存在の輪郭は、太く猛々しくなっていくようだったが、こんなことには、必ずといっていいほど、ツケが回ってくる。

目の前に現れるものに適宜反応するだけではないか。それしかない。わたしはわたし。玖美は玖美。来る途中、玖美にいわれた「わたしといた時間まではなくならないでしょ」も、ほとんど気にならなくなっていた。

男の声には色が着いており、それに煽られるようにして、さっきまでモノクロの風景にしか見えなかった物や人が俄然華やいだ。

気になりはじめたので、声をかけてみることに。男は、こちらの真意が分かったとでも言いたげに、「この島には巨大な鰐がいる。気をつけなさい。わたしはこれから鰐をつかまえに行くところだ」

男は、さらに、わたしを捕捉し離さぬ気迫で「この島には巨大な鰐がいる。気をつけなさい。わたしはこれから鰐をつかまえに行くところだ」を繰り返した。持病の偏頭痛が疼《うず》く。

肩に重そうな綱を掛け、男が歩いてくる。この男も、わたしたちに、露ほどの注意も払わない。見えているのか、いないのか。

記憶の底へ引き込まれ、眩暉《めまい》のする連鎖反応を起こしそうな雲行きで、怖くなったわたしは、それ以上、老婆を追いかけるのを止めにした。

わたしたちに気づかないのか、魚を籠に入れた老婆は足早に過ぎていった。魚には、あるべきところにどれも目がない。遺跡調査をした後のような穴がぽっかり空いている。鰐だったのかもしれない。

島が見えてきたので降りてみることに。ズレた時が逆さに流れていく。だんだん悲しくなってくる。外も中もない。ただ白くなったのだ。

24　ニホンカモシカ

記憶はかならずそこへ向かう。

懸崖《けんがい》に刻まれた細い山道を歩いていくと、やがて、鬱蒼《うつそう》とした森の中へ入り、左手遥か、赤いトッタガ石が艶《なまめ》かしい姿をみせる。山の天気は刻々変化し、その度にトッタガ石は、泣いたり、笑ったり、怒ったり。雨の日は、さめざめと泣いている。日差しの強いときは、裸身を曝すことを恥じているようにさえ見える。見上げれば、特別天然記念物のニホンカモシカが畳半畳分の石の上、この世のものとも思えない聡明さをたたえ、かなた日本海に目を遣り巨大なクジラの出現を待っているかのよう。五百年ほど前からクジラなど現れるはずはないとのさかしらはこの者には通用しない。この辺りでは、ツキノワグマと同じかそれ以上、ニホンカモシカは神の使いとされてきた。瞬きするよりもすばやく、使者は姿を消す。千年の時間も、彼らにしてみれば一日となんら変りない。

ずっと見ていたので首が痛くなった。首を傾け、手でもみながら、さらに山道を登って行く。

ぐるりと道が左へ旋回し、いきなり展望が開ける。質量をともなう日差しがベクトルで体を刺す。意志があるのか。ないのか。すっかり考えることをやめて、川べりに立つ巨きな杉の木を目指し崖を一直線に駆け下りることにした。

ザザザ…と足を滑らせ、危ない！　と声を発したか。時すでに遅く、二転三転。藪の中へ転がり、挙句、風化されず置かれていた天然素朴の石に鼻をしたたかぶつけ、鉄の焼ける臭いがしたかと思うと、ツーと、見る見るうちに血が流れ、スポンジのような黒い土に飲み込まれていった。

タラタラと、鼓動に合わせ、リズミカルに落ちる血を、今度は石の上にもっていった。いや、顔を。

顔を、先程ぶつけた石の上にもっていき、鼻血のドットで血の面をつくろうと図ったのだ。意志という意志は、ただそれだけに収斂していくようだった。親も子も、友達も、仕事も、玖美も、暗い欲望も。血でこの石全部を真っ赤に染めれば報われる。

わたしも、ひとかどの人物になれる気がした。

少し血が足りなくなってきたのか、頭の芯がカランと音を立てた気がした。あと少しだ。

すると、いつの間に傍に来ていたのか、特別天然記念物のニホンカモシカが、ラクダによく似た鼻面を、わたしの顔のすぐ側までもってきて、血にまみれたわたしの顔を、ベロリと、嘗めた。えへへへhじぇと笑った。

血の石は、たった一箇所空白のまま残り、あとはいくら頭を振っても、血は一滴も垂れてこない。

悲しくなった。

自分の顔をゲンコツで殴りつけ、ムリヤリ血を滴らせて全面赤く塗りつぶそうとも考えたが、それはいかにも反則で、本来の主旨にも合わぬから止めにする。

それにしても、特別天然記念物のニホンカモシカ。ただではすまさぬぞ！

仕方がないから、方針を変え、足元を確かめて川べりに降り立った。

冷たい水で顔を三度洗い、手ぬぐいで拭く。鼻血はすっかり止まっていた。

巨きな杉の木は、抜けば地球ごと引っこ抜かれる体の親知らず。でんと居座り、微動だにしない。やれやれだじゃい。

裏手すぐの、玖美の陰裂を彷彿とさせるその洞穴に、そっと、入ってみることにする。風が強くなってきたのか、後ろでバタンと戸が閉まる音がする。洞穴に戸などない。

25 連結器

洞穴のなかは暗くひんやりとしていた。地上に抜ける空気が吹き抜けるのか、心地よい風が頬を撫でる。

第一次元の室に入ってみる。存在は消え失せ、見る行為だけが往ったり来たりする。ここでは言葉は用をなさない。

思うことすら許されない室を出、なつかしい第二次の世界に踏み込んだ。

フランス革命のころバスチーユの牢獄を出て月明かりの下で二度ばかり見たことのある、針金でできた猫がいた。体は三角形、頭は逆三角形。それぞれの頂点が、時間なく、重みなく、儚く接し、風もないのに首をクルギと回転させ、とても愛嬌のある猫なのだ。近づけば、押し殺した感情でもあるのか、クルギクルギクルギクルギクルギ。いまだ発見されない単純な宇宙の法則により、回転しているだけなのだろう。通り過ぎ、振り返って見れば、針金猫は、それまで接していた頂点がずれ、逆三角形のアタマがハラリと地に落ちる。猫は、ギと死んだのだ。

とてつもない光と風に曝され、第三次の室に入った瞬間、垂直の遠近に目が眩《くら》み、わたしはまたいつものように、空を滑空していた。

洞窟の中に空間が広がっている。しかし、思考は、飛行のスピードに圧倒され、アッという間に消し飛んだ。時間の入り込めない世界。

山や、川や、海や、動物や、ガジュマルの木までが、初めて買ってもらった全頁フルカラーの図鑑のように次つぎと展開し悲しくて懐かしい。

適当な場所を選び降りてみようとするのだが、高度を下げたら、坂道を曳くのに一苦労した。あのクジラ似の、とんでもない、つぶらな瞳が艶かしい、睫毛ばっちりの鰐だった。

つけ狙われてはたまらないから、肩甲骨をグイグイいわせ、いそいで高度を上げることにする。

やがて、白濁した湖が見えてくる。ゾルからゲルへ移行するのか、逆白波が立ったまま、寒天状は強度を固めた。羽ばたきをやめ、今度こそはと思いを定め高度を下げる。悪そっくりの栗の花の臭いが鼻を刺激し、水面すれすれに飛びながら、中を覗くと、教科書で見たことのあるヒトの精子がうようよひしめきあっている。だーれがせーとかせんせーかー。いや違う。学校ではない。

ふたたびグイグイバタバタと上昇気流に乗る。

疲れたのか、風景のせいなのか、掃いたように悲しくなってくる。

あ。玖美だ。くっみー！　俺。俺。俺だよ。みらだよー。

「どうしたの?」

もう、死んでもいいと思った。

「くーみー、どこまでもいっしょに行こうって、いったじゃないかー！」

あれ?

ん!?　すいません。またやってしまいました。

「や！」

「BBBbbbb」

気分を積分しつつ、なんとか、なんだか分からないものを持ちこたえさせようと願ったのだが…。

祈ることだって、できたかもしれない。

でも、疾《と》うに、気づいてはいたのだ。

「トイレに行ってくるね」

「……」

「そんな顔しないで」

「……」

間もなく玖美は戻ってきた。と、デッキに玖美の足がかかった瞬間、連結器がガタンと外れ、戻ってくるはずの玖美は、そっちの車輌に残されたまま、左手下方にグングン落ちていく。

百万遍生きて死んでも絶対に会えない。くっみーーー！

席へ戻り、仕方がないから、母に持たされたおにぎりを食べることにする。まいった。なんでおにぎりの具が納豆なのさ。醬油がないじゃない。悲しみもへったくれも、あったもんじゃない。ここは第三次元の世界。すべては一瞬の出来事で抽象と具象はいずれにしても、しばしの滞留も許されない。

26　タージの王様

幻想第四次の宇宙において、インドは世界のヘソとして機能し、玖美との旅はまだ始まったばかりであった。

タージの王様が、象の背中に揺られ、薄目をあけて黒い空にかかる白い月を見ている。

ジャンシーの町で汽車を降りる。半日この町で遊び、次の宿泊地バラナシを目指すだろう。

汽車の中で知り合ったインド人が別れ際、あいさつ代わりに握手を求めてくる。分かりやすいカタカナ英語は「あなたはいくつか?」と訊いている。

歳を告げると、人生はまだ始まったばかりと、これも、実に分かりやすい英語で伝えてくる。そんなふうにはとても考えられなかったけれど。

インドの汽車の旅で気をつけなければならないことは、長旅に際し、切符がすべて予約制であること。駅に着いたら、まず何よりも、次の目的地までの切符を手配しなければならない。それを誤るとヤバイことになる。

バラナシまでの切符の予約シートに記載する日付を間違えたことにようやく気づいたわたしは、訂正してもらおうと窓口にしがみつき必死で訴えた。

が、駅事務員はキャンセル料を払えだの、新しく買わなければダメだだの、ここはとてもいい町だから、のんびり観光して明日ここを出て行けだの、お前が持っているカメラと交換なら今日の切符に替えてやってもいいだのと、無理難題を次つぎと押しつけてくる。

見るからにそいつは卑しい顔付きで、髭面の、貧乏そうかつ貧相なトンマな眉毛までつながっている勤勉野郎下衆野郎コンコンチキなのだった。

メガネを掛け、髪をきれいに撫で付けた、身なりの美しい紳士が、見るに見かねて、トラブルの仲裁に入ってくれた。窓口で二十分ほどの攻防が繰り広げられた。どこから湧いてくるのか、駅構内は、あっという間に立錐の余地もないほど黒や茶色い人でごった返している。三人、警官の姿も見える。

「みら。やめようよ」

「何が」

「いいよ、もう。時間もあるし、ここで一泊すればいいじゃない」

「そんなことじゃない」

「じゃ何よ」

「あの駅員のツラをみてみろ。見てみろよ。意固地になっているだけさ。馬っ鹿インド人が。くっそー」

「しょうがないよ。みら。みらってば」

「しょうがなくないよ。なんだよ。ったく」

「じゃあ、どうするのよ」

「あの野郎が気に入らねえだけさ。今日のうちに、絶対にここを発ってやる！」

その間にも、ルピーを求めて乞食の老婆が鍵のように複雑に折れ曲がった指を差し伸べてくる。除けても、除けても、泣きそうな顔ですがってくる。泣きたいのは俺のほうだよ。年老いた乞食女の傍には、孫か何かだろう、幼い少年が立っている。その辺のゴミ箱から拾ってきたとしか思えない錆び付いた鳥かごを大事そうにぎゅっと持ち、あたりの喧騒から離れ、一人そこだけ宇宙の孤独で、中の美しいカナリアをジッと見ている。貧しい少年の、それはたった一つの宝物に違いなかった。

わたしはなんだかむしゃくしゃしてきて、とにかく、どうでもよくなって、インド人も、わたしも、玖美も、この場の状況も、何もかもを全部引っぺがしてやりたかった。ち、と投げやりな音が口をついて出た時、玖美と眼が合う。ほんの一瞬の出来事だった。慈しむような赦すような、それ以上はないぐらい人を人とも思わない侮蔑的な光を浴び、わたしはすっかり意気消沈する。その時、駅員との交渉に当たってくれていた紳士が振り向いた。精一杯の努力が報われなかったことを、彼の仕草が如実に告げている。

ゴルゴタの丘を上るイエスにでもなった気分。血の臭いに飢えた群集に背中を小づかれ、わたしと玖美は、かんかん照りの野外へ放り出された。

シャツの端を引っ張る者がいる。見れば、いつの間に傍に来ていたのか、乞食女と一緒にいた少年だった。少年は、カナリアの入った鳥かごをまっすぐわたしに差し出した。くれるとでもいうのか。少年は、何も言わず、背伸びして鳥かごをグッと持ち上げている。わたしはそれを受け取り、思いっきり地面に叩きつけた。錆び付いた鳥かごはグシャリと、いとも簡単にへしゃげ、カナリアは間もなく息絶えた。「そういうところが嫌いなの」バシーン！　と平手が飛んでくるのを予想して振り返ったが、玖美の姿はどこにも見えない。群衆にまぎれて誰が誰とも区別がつかない。死んだカナリアの姿がありありと眼に浮かぶ。

ジャイアント馬場ぐらいある警官が物凄い形相でわたしを詰問している。少年に二百ルピー払えと言っているようだ。なけなしの千ルピーをわたしは払った。

町でたった一つのホテルまでとぼとぼと歩きながら考えた。頭がすっかり空になり、ただカラカラと頭蓋の空洞に鳴り響いた。

死んだカナリアよりも、さっきの駅員を、見るからに卑しい顔付きの髭面の貧乏そうかつ貧相なトンマな眉毛までつながっている勤勉野郎下衆野郎コンコンチキと思った自分が嫌らしく、とても情けなく思った。

ズボンのポケットに手を突っ込み、恨めしい切符を出してみる。八月十八日と正しく印字されている。何度見ても、八月十八日なのだった。

わたしの過ちを彼らが赦さなかったのか間違えたと思ったわたしの考えが誤りで彼らは赦すも赦さないもなくただ自分の仕事を忠実に遂行しただけだったのかグルグルグルグルもう何も分からなくなってしまいだんだん心細くなってくる。くみー。くみー。くみー。……

象の背中に揺られたタージの王様は、薄目を開け、こちらをじろり。

27　事故

バラナシのガンガー・フジは日本食のお店。カレーにそろそろ飽きてきた玖美がどうしても日本食を食べたいというから出かけて行った。

細い路地へ入るとすぐに乞食の老婆や子どもらが纏《まと》わりついてくる。それもいつの間にかあたりまえとなり、無視するこちらの意識も、そろそろ麻痺しかけていた。

玖美は、わたしのTシャツの裾をギュッとにぎりながらピタリと後を随《つ》いてくる。お香を売る店、どぎつい色の砂糖菓子の店、サリー屋、香辛料屋、アロマオイル屋、床屋、ヒンドゥーの神様を売る店。旅は終りに近づいていた。

玖美はカレーを盛るアルミのプレートを欲しがった。

「買うの?」

「帰ったらカレーつくってあげるね」

何をお探しですか。と、突然どこからか湧いて来たとでもいうような眼の鋭い赤銅色の男が、カタカナ英語で話しかけてくる。

「ガンガー・フジ」

「それならわたしがよく知っている。案内しよう。随《つ》いて来なさい」

男は、最初はゆっくりと、それから角々を曲がるたびに大股になり、最後は、わたしも玖美も、小走りになりながら追いかける羽目になった。

「みら」

「……」

「みら」

「……」

「みらってば」

「なんだよ」

「変だよ」

「何が」

「どんどん変なところに入っていくような気がする。戻ろう。ね。ね。怖いよ。みら。みら。ダメだよ、もう」

にがい心がもたげて来て、「だったら一人で戻ればいいじゃない」と玖美に言った。玖美は、ほんの一瞬悲しげな色を眼に浮かべ、また黙って、わたしの後を小走りに随《つ》いてくる。

「本当にガンガー・フジを知っているのか？」

「イフ　アイトールドユーアライ　ユークッドカットオフ　マイタン」

道はますます狭くなり、本当にこれはヤバそうだと思ったときに、男が「ここだ」と言って振り向いた。

ヒンディー語で書かれた看板は、どう見ても、食堂のそれではない。

あっという間にわたしと玖美は、抵抗する間もなく、中から出てきた数名の男たちに羽交い絞めにされ、後ろ手に縛られ、口には猿轡《さるぐつわ》。昔の安っぽいギャング映画そのままの展開に、痛みを感じながら笑いそうになった。

わたしの表情を見ていたとでもいうのか、一人の男が、わたしを下からしたたか蹴り上げ、感じたことのない痛みを下腹に受け、情けないことにわたしは小便を漏らした。わたしはそのまま薄汚れた土間に座らされ、玖美は裏手に引きずられていった。

意識が朦朧《もうろう》とする中、遠くで奇声や哄笑《こうしよう》が交錯するようだったが、そこで何が行われているかは知る由もなく、最後にギャーという金属的な声がした。

何時間過ぎたろう。数十分にも数十時間にも思え、腹の痛みが次第に薄れていく。やがて、奥から鼻を突くカレーの匂い。

くだんの男たちがテーブルを用意し、白いテーブルクロスまでかけている。場違いなほど奇麗で美しく、祭礼の間と錯覚されるほどだった。

わたしは賓客よろしくもてなされ、出来立ての不思議なカレーを供された。美味いとも不味いともいえない妙な味。マトンでもポークでもチキンでもない。ゴリリと砂肝のような食感がし、これは玖美のどこかの骨ではないかと思った。口に出すことははばかられた。二度と思い出すことはないだろう。

下半身を裸にされ、昔田舎で見たネコの去勢そっくりの仕方で、わたしの睾丸は抜きとられた。ヨーグルトにまぶされた血の玉がアルミの皿に乗っている。

鋭く曲がった刃物で鼻を削がれた。眼から額にかけ、ハンマーで思いっきり殴られたらこんな痛みかと思われるような激痛が走る。気を失った。

鼻が削がれ、傷口に薬を塗られ、目元だけは避け包帯でぐるぐる巻きにされた後、外へ放り出された。黒猫が尻尾をピンと立て、怖いものでも見るようにわたしを見てにゃーと鳴き、消えた。鳥肌が立つ。

後のことはあまり憶えていない。病院に収容され、さらに一カ月ほどインドにいたのだが、ビザの期限を忘れ慌てもしたが、忙しく過ごしているうちに痛みも遠のいていくようだった。

あったことは本当に起きたことなのか。焦点が合わぬまま、時間だけが過ぎていった。事故以来、玖美を見たという人に遇わなかった。

28　キップ・ハンラハン

インドの旅で事故に遭い、玖美は行方が分からなくなり、わたしは途方にくれたまま帰国した。鼻を失くし、外出するときはいつも顔を包帯でグルグル巻きにしなければならなくなった。

そのせいで心もおかしくなってしまったのか。記憶の問題かもしれない。なんとしても、もう一度確かめる必要があると思った。そうしなければ、大げさでなく、ここから一歩も踏み出せない。生きていけない気さえした。

新装なった横浜ＨＭＶへ行ってみた。きっかけはＨＭＶだった。『アラビアン・ナイト』をモチーフにしたジャズのＣＤを探しに行ったのに、演奏家の名前を思い出せず、仕方がないから、アからはじめて順に二度、通路をジグザグにゆっくり進み、記憶の回路を呼び戻そうと躍起になっていた。

自分では楽器をやらず、曲を提供し、気に入ったミュージシャンを自在に操る。誰だったか。

焦らずに、どんなにちっぽけに思われ全く無意味に感じられても、記憶の領野を吊り上げる一点はいつも鉄の焼けた臭いだったり、久しぶりに訪ねた友だちが無聊をまぎらすために飼いはじめた黒猫の腹の和毛であったりするのだからと、だんだん足裏が床に張りついて気持ち悪さが増してきても、辛抱づよく強固な意志をもち、新雪を踏み固め、踏み個め、勝手に長い道をつくって遊んでいるうちに雪の白が青へと変り、それから赤へ、果ては土よりも黒く感じられ、目を上げればとっくに闇だったことまで思い出しもし、眩暈《めまい》におよぶ時間が足裏から膝へと連関してきたちょうどそのときに、不意に声を掛けられる！

「キップ・ハンラハンをお探しでは？」

と、ここで玫美に声を掛けられるはずだった。

が、声を掛けてくれる者はいない。太陽の黒点を見ようとしたのだけれど、眩《まぶ》しくて見えない。顔の包帯がずり落ち、二つの間抜けな穴だけになってしまった鼻に、煩《はん》瑣《さ》な虫が這《は》ってくる。

29　沈丁花

鼻を失くしたのにも相当慣れてきた。睾丸のほうはよく分からない。性欲だけでなく、感じ方、考え方まで変ったようでもあり、それほどでもない気もする。

写真週刊誌に載っている若い娘のセミヌードを写真で見、自分の体に疼《うず》くその芯を捕らえようとするのだが、上手くいかない。問題は鼻だ。鏡に映す。削がれてしまった鼻は鼻でなく、ただの穴。胡桃《くるみ》を尖ったてっぺんから底にザクッと割ったとき、実が入っている室の形にそっくりだ。

鼻梁を失くしてしばらくは、失くしたでっぱりが、依然そこに存在している気がした。角のある動物が角をもがれたら、こんな気持ちになるのだろうかと想像してみる。鼻の凸が無いということは、匂いに対する嗅覚細胞が敏感になるということだ。

街を歩く時、おばさんには近づかないようになった。白髪を紫や緑に染めているおばさんなんか最悪。柳屋のポマードを付けているおっさんの存在は、百五十メートル離れていても、それと分かる。しかし悪いことばかりとは限らない。

穴だけになった鼻をマスクで隠し、ぶらりと外へ出、鳥の鳴く声に目を遣りながら坂道を下りる。このごろは、花粉症のおかげで、マスク姿はいわばファッションのようなものだから、鼻を失くしてマスクしているなどとは、誰も気づかない（だろう）。失くなった乳房をあるように見せるブラジャーがあるように、無い鼻をあるように見せるマスクはいくらだってある。ＳＡＲＳの影響で、防毒マスクのようなカッコいい中国製が、過日たくさん出回った。

街道沿いには正月恒例箱根駅伝の案内がすでに出ており、二日の午前と三日の正午近く、それぞれ三十分ほどの通行止めを報せている。これが一般の駅伝なら、走者がバラけてしまってそんな短時間では済むまい。それだけ実力が伯仲しているということだ。

看板を確認して顔を正面に向けたとき、ほんのり花の香りがした。沈丁花…。

春に咲く沈丁花の花の香に惹かれるようにして、環状1号線と国道1号線が交差するポイントに向かう。香りはますます強くなる。

1号線を越えたところに、旧街道と並行して走る散歩コースがあるのだが、休日、わたしはよくそこを歩く。香りはそっちから来ているようだ。川の傍ら反対側の銭湯の横、大きな銀杏の木が紅葉している。

顔のマスクがずれて落ちないように気遣いながら、しばらく見ていると、時を包むように葉が落ち、小さな舟になって川下に勢いよく流れていった。顔を戻した瞬間、強烈な香りに撃たれる。

確かに沈丁花だ。見れば、つぼみともいえない固い微かなふくらみが出来、香りはそこから発しているのだった。

鼻があったときには、たとえどんなに近づいても決して気づかなかったろう。開花した沈丁花とは少し違っており、栗の渋みと苦さの混じり合ったような変な香り。顔を近づけ、人通りのないことを確かめてから徐《おもむろ》にマスクをずらし嗅いでみる。それは、花が本来もっている芯の香りのようなものであって、歓心を買おうとする類のものではない。

どれぐらい時間が経ったのだろう。しゃがんでいた膝が痛くなってくる。振り向けば、買い物袋を二の腕に引っ掛けたおばさんが立っていた。怪訝《けげん》そうにわたしを見下ろし、胡桃の穴と化した暗い穴を真正面から見てしまい、あっ、と、いくときのような声で小さく叫び、口を押さえる仕草。玉葱の匂いが鼻を突く。おばさんはサッと目を逸らし、足早に通り過ぎていく。

マスクを元に戻そうとしたら、別の臭いに襲われる。今度は生臭い魚の臭い。おばさんの買い物袋から発した残り香か。ならば、だんだん遠ざかってもいいはずなのに、それどころか、凛とした沈丁花の香りに勝って、いよいよ鼻を刺激してくる。欄干に身をあずけ乗り出して川を見ると、灰色に変色した鯉が淫《みだ》らな腹を曝して死んでいる。その横を、銀杏の葉が静かに避《よ》けて流れていった。

いつからそこにいたのか、銭湯の屋根に止まった烏が、知らぬ振りしてひょんひょんと跳ね、ジッとこちらを眺めている。

30　ある工夫

鼻を削がれて困るのは顔を洗う時だ。いわば、屋根の無い家に雨が降るようなものだから、水の浸入を防ぎようがない。どうしたって、穴だけになった鼻に水が入ってくる。だから、顔を洗わなくなった。化粧を落とすアルコールを脱脂綿に含ませ、拭いて汚れや垢を落とすだけ。首なら問題はない。タオルを絞ってごしごし洗えばいい。大変なのは頭だ。

もともと髪の毛が少ないのだから、脱脂綿でもよさそうなものだが、頭というか頭皮というのは、独特の油脂分を分泌するものらしく、二、三日も放っておくと、とてもじゃないが堪えられない臭いを発する。湯気マークが立ち上っているのではないかと錯覚するぐらいだ。なにか上手い手はないものか。

一計を案じた。

わたしは昔から背筋が強い。うつ伏せになり、そろえた両足首をひとに押さえてもらい、背筋の力だけでぴよよ〜〜んと立ち上がる離れ業もできた。高校の時だ。今は、立ち上がることはできないけれど、両腕を後ろに回し、ブリッジの形になることなど朝飯前。だから、背筋を利用し、人に頼らずに頭を洗うことにした。

バスタブを背にし、足を広げて立つ。それからゆっくりとそっくり返り、バスタブの縁を梃子《てこ》にして、頭をお湯に付けて洗う。赤ん坊の頭を洗う時、母親が子どもを抱きかかえ、シャンプーが目や耳に入らぬようにするが、あれを母親なしで一人でやる。人に頼らず自分の力だけで、レスリングのブリッジよろしく頭を洗うのだ。相当に疲れる。背筋も使うが腹筋も使う。鼻が失くなるということはまた、腹筋と背筋が、異常に強くなるということでもある。

一度、踏ん張っていた足を滑らし、ブリッジがくずれ、そのままバスタブに頭から突っ込んだ。泳げない人間がいきなり海に突き落とされた時のように慌てふためいた。

頭はそれほど打たなかったが、お湯がどぶどぶと鼻穴から入り込み、顔が天井を向いている状態で突っ込んだせいか、お湯の幾分かが脳まで達したみたいな気がした。以来、頭が少しおかしくなったようだ。

ブリッジ方式の洗髪は危険極まりないと知ってから、この方式をきっぱりと捨てた。もっと安全なやり方、鼻穴をサロンパスで塞ぐ方式に替えた。これなら、普通に頭が洗える。シャワーだろうが、洗面器に湯を汲んでざーと流すやり方だろうが、お手の物。ただ、サロンパスを剝がすまで、ずっと口で息をしなければならない。走った後ハーハーいう犬のような状態になる。別に、人に見られているわけではないから、そんなことはどうでもよく、気にもしないが、この方式を採用してからというもの、鼻穴の縁がだんだん赤く爛《ただ》れてきた。

ブリッジ方式もダメ、サロンパス方式もダメとなり、わたしは考え豁然《かつぜん》と了解した。

人間の鼻が出っ張っているのは、人間がひとに頼らずに頭を洗うためであったのだと。東ローマ帝国のマルティナとヘラクリオナスは舌と鼻の切断の刑に処せられた後、ロードス島へ流され余生を送ったとされているが、母と子は、鼻の奥をツーンとさせながら都を想い、互いに相手の頭を洗い合ったのではなかったか。むしろわたしは、不十分に鼻を削がれ、クリミア半島ケルソンへ流された鼻削がれ帝ユスティニアヌス二世に同情する。

万策が尽き、わたしは勇気を出して、隣に住む奥さんに頼むことにした。

玄関履きをつっかけ、外へ出、１０２号室のブザーを押す。

はーい。若く美しい声。

「隣の三平です。奥さんにお願いがありまして…」

「はー、なんでしょう？　ちょっと待ってください」

出てくるようであった。

３１　暗い穴

「あら、どうしたんですか？　風邪でも召されたんですか？」

歳が三十に届くかというぐらいの奥さんは、マスクをしたわたしの姿を見るなり、そう言った。

わたしは、インドでトラブルに巻き込まれ鼻を削がれたこと、それがため、生活にいろいろ支障をきたしていること、特に頭を洗うのにほとほと困っていることを告げた。皐丸をやっとこ様の器具で抜き取られたことまでは告げなかった。

話を聞きながら、若く美しい奥さんは、手のひらを口に当てている。一瞬きらりと眼が光ったのをわたしは見逃さなかった。

マスクを外した。穴だけになったわたしの鼻を見、あっ！　か、うっ！　か、定かならねど、目の前の女性は動物的な声を発し、それから爆発するような声で笑い出し、最後にはとうとう泣き出して、その場にへなへなと頽《くずお》れてしまった。

眉間に皺を寄せ、悲しみや苦渋を表現しようとしても、顔の真ん中に、柿の種にも似た形の二つの暗い穴がぽっかりと開いていたのでは、間抜けさだけが強調される。作戦は成功したと、わたしは思った。

それから、黙って彼女の笑いが止むのを待った。

笑いの波が引いていくと、彼女は、恥じ入るような表情になり、

「すみません。わたし、こんな顔…、ごめんなさい、鼻の無い顔というのを、初めて拝見したものですから、気が動転してしまって」

「分かります。わたしだって、こんな顔になって悲しみに打ちひしがれているのに、鏡に向かうと可笑しくて可笑しくてしょうがない。笑わずにいられません。それが情けない…」

「ごめんなさい…」そう言ったかと思うと、彼女は、また口を押さえ、腹を抱えて笑った。

わたしはまた、彼女の笑いが収束するのを待たなければならなかった。

「ごめんなさい。どうしても見てしまうものですから」

「いいえ、そのほうがいいのです。ところで、奥さんと見込んで一つお願いがあるのです」ここぞとばかりに、わたしは切り込んだ。

「はい、なんでしょう?」と、涙を拭き拭き、目をきらきらさせながら彼女はわたしを見た。間抜けなわたしの顔に、幾分慣れてきたようだ。

「頭を洗うのを手伝って欲しいのです」

彼女は僅《わず》かに小首をかしげ、きょとんとしている。育ちがいいのか、感情が素直に顔や体に表れる。

これまでいろいろな方法を試み、頭を洗うように努力してきたことを、わたしは身振り手振りを交じえながら縷々《るる》説明し、話の最後を、鼻のでっぱりは、人間がほかの人の手を借りずに頭を洗うために存在している、と結んだ。

彼女はふんふんと頷き、納得したようだった。泣くほど笑った後なので、新しい情報が、水が砂に染み込むように心に届いたのかもしれない。

「分かりました。わたしのできることでしたら」

「ほんとうですか?」

「ええ。そんな恥ずかしい…、ごめんなさい、きっと恥ずかしいと思っていらっしゃるだろう顔を晒《さら》してまで頼むのですから、よほどのことなんでしょう。わたしは、何をすればいいのですか?」

「ありがとうございます。奥さんがすぐに引き受けてくださるとは思ってなかったものですから、部屋をそのままにして飛び出してきました。これからもどって、少し片付けますから、一時間後にわたしの部屋に来てください」

「分かりました」

マスクを元に戻し、彼女にお辞儀をした。彼女はもう笑わなかった。

部屋へ戻り裸足になり、ズボンの裾を捲くって浴室の掃除を始めた。

32　蜘蛛

きっかり一時間後にチャイムが鳴った。

鼻を失くしてからというもの、わたしは人が訪ねてくると、まずマスクを着けるのが癖になっていた。

一瞬躊躇したが、伸ばした手を元に戻して立ち上がり、玄関のドアを開ける。

奥さんは、わたしの顔を見て、また掌を鼻にもっていったが、いけないことをして親に見つかった子どものように、目立たぬようにそっと手を下ろす。

気づかなかった振りをして、わたしは、赤いスリッパを彼女の足元へ置く。

「おじゃまします」と言って、彼女はわたしの後に随《つ》いてきた。

ダイニングルームの白いテーブルに向き合う形で置いてある二脚の椅子の一方を指

し示した。

彼女が椅子に腰を下ろすのを見届けてから、わたしはコーヒーを淹れに台所に立った。いつもの黒い小さな蜘蛛が、慣れた動きでわたしのスリッパをよけ、ふん、と跳ねた。お湯はすでに沸いている。

わたしのカップは、横浜ルミネでもらったルミ姉のイラスト入り。彼女に客用のカップを用意し、コーヒーを注ぐ。

テーブルを挟んで座りながら、これまでのことを詳しく彼女に説明した。

有澤玖美との出会いから始め、こんなことがあった、こんなこともともとエピソードを重ねていくにつれ、話せば話すほど、わたしはどこまでが現実に起こったことで、どこからが作り話なのか、境界がますます不分明になっていくような気がした。

インドでのアクシデントについて話す前にわたしは席を立ち、「コーヒー、もう一杯いかがですか?」と彼女に訊いてみる。

「ええ、いただきます」

「昌美さん、でしたよね」

「はい」

もう一度お湯を沸かしながら、テーブルと台所を行ったり来たり。お湯はなかなか沸いてくれない。

わたしは、CDラックからキップ・ハンラハンの「アラビアン・ナイト」を探しプレーヤーに乗せ、ボリュームを抑えて三曲目に飛ばす。

けだるい曲が終りテンポの速い四曲目、デジタル表示が二分十五秒を指したとき、お湯が沸いた。二杯目は、一杯目よりも苦く入ったようだった。

インドのやくざに騙されたこと、身ぐるみ剥がされ鼻を削がれたこと、睾丸を抜かれたこと、玖美が殺されたことまで話したとき、キップ・ハンラハンのCDはとっくに終り、鼻はじんじん熱くなっていた。

こっちのラックから次のCDを探したのだが、気に入ったのが見つからず、昌美さんの後ろを通り部屋の角にあるラックに近づこうとしたとき、ギャッ！　と言って、昌美さんが抱きついてきた。

昌美さんの右肩がわたしの顔をこすり、鼻穴をグイと抉る。痛みを堪え、涙目になった目を見開いてよく見ると、台所にいた蜘蛛が、いつの間にここまで忍んで来たのか、テーブルの上をふんふんふんと這っている。わたしは昌美さんを引き寄せる。鼻穴から血がしたたり、昌美さんのセーターを濡らした。

昌美さんの体を放し、ハンカチを水で濡らして血の染みに当てた。昌美さんは凍ったように身じろぎ一つしない。蜘蛛がよほど嫌いなのだろう。

ハンカチを三度洗い、ようやくセーターに付いた血の染みは目立たぬぐらいになった。

それからわたしは、テーブルの上から床にジャンプした蜘蛛を追いかけ、やっと捕まえてベランダに放してやった。

「潰さないのですか」と、震える声で昌美さんが訊く。

「ええ。殺しはしません」

33　浴室

「なぜ殺さないのですか？　怖くないの？」

「別に特別な理由はありません。タランチュラならともかく、小さな蜘蛛だし。それに、ほかの虫を食べてくれるっていうし」

「ほかの虫より蜘蛛のほうがいいの？」恐怖が去ったせいか、昌美さんの物言いは少しぞんざいになっている。ちょっぴり、怒っているように見えないこともない。

「ここに住むようになってしょっちゅう見てますから、慣れてしまいました。それよりも、そろそろ本題に入ってもいいですか？」

「…………」

「頭を洗うのを手伝って欲しいのです」

「あら、すっかり忘れてました。ごめんなさい。で、どうすればいいんですか？」

「子どもの頭を洗うときのように、首のところで支えて、仰向けの状態で洗っていただきたいのです」

「できるかしら。大人の人はやったことがないから。でも、やってみましょう」

彼女の言葉を合図に、二人同時に立ち上がり、浴室に向かう。

「上を着てては ずぶ濡れになりますから、上だけ脱がせていただきます」

「はい」

わたしは、靴下を脱ぎ、着ているセーターを脱ぎ、綿のシャツを脱ぎ、Tシャツを脱ぎ、その下の肌着を脱ぎ、

「Tシャツの下に肌着を着けているんですか?」昌美さんはまた掌を口に当てる。癖のようだ。

「おかしいですか?」

「おかしいでしょう。わたし、はじめて見ましたよ」

「そうですか。風邪がまだすっかりよくないものですから」

「ほかの人の前で脱ぐこと、ないんですか?」

「ほかの人の前とは?」

「つまりその……」

「セックスのことですか?」

「ええ、まあ。三平さん、お一人でしょ。そっちのほうは、どうしてるのかと?」

「こんな顔の真ん中にマンホールみたいな穴があっては、誰も相手にしてくれませんよ」

「ソープとかファッションヘルスとかは?」

「わたしはそういうところに行ったことがないんです」

「嘘!?」

「嘘じゃありません」

「そうですか。そういう人もいるんですね。わたしの夫はちょくちょく行っているみたいですよ。同僚といっしょに。わたし……」

「はい」

「さっき三平さんが訪ねてきて、顔を見せられ、可笑しくて可笑しくて、思わず大笑いしてしまって、それで悪いなあと思って、来たんです。でも、笑わないでくださいね。いくらそんな顔に、ごめんなさい、顔が傷ついた、鼻が削がれたからって、男性の部屋に一人で行くのはどうなのかなって。今の若い娘なら別でしょうが。頭を洗うって言ったでしょ。パッと想像してみて、洗面台では無理だと思ったの。そうすると、浴室ということになる。全裸にならないまでも、少しは、三平さんの裸を見てしまうことになるだろう。事によったら、わたしも、着ているものが濡れるかもしれない。それって、コムスンに頼むべきことじゃないのかしらって。でも、本当に困っているようだったし、一旦引き受けたのに、あらぬ妄想のために断るのもどうかと思って……」

「妄想でないかもしれません」

「え!?」

「冗談ですよ」

「びっくりした！　冗談でなければ帰るところですよ」

「奥さん、帰らないでください。カ・エ・ラ・ナ・イ・デ!!」

「な、なに!?」

「あははははは……」

「ごめんなさい。久しぶりに笑いました。心配しないでください。そんなことには間違ってもなりませんから。セックスなんて、今どき何てことないですよ、しても、しなくても。それに、わたしには睾丸がないのですから。子どもを首のところで支えて頭を洗う方式に、小さいお子さんがいらっしゃるから、奥さんなら慣れているかと思っただけです。よろしくお願いします」

「分かりました」

上半身裸のまま、先に浴室に足を入れる。昌美さんは、靴下を脱いでわたしの後に従った。

34　梟

「どんな風にしましょうか。一人で洗うときはバスタブに背面で向き合い、ブリッジの形で洗っていたのですが、足を滑らせて、怪我をしました」

「わたしが立て膝になり、三平さんの上半身を支えるようにしてやってはいかがでしょう?」

支えきれますか? 七十キロ近くあるんですが…」本当は、七十三・五キロなのだが。

「えっ!? そんなにあるんですか? うちのなんて五十キロもないへなちょこなんですよ」

「へなちょこって…」

「だって、へなちょこなんですもの。掃除とか家の事、よくしてくれるんですけど、力仕事が全く駄目。全く。本人は、若いころぎっくり腰をやって、医者から重いものを持たないように厳重注意されたから、とかなんとか言っているけど、単に力が無いからじゃないのって思うんですよ。同じ人間と思えないぐらい力が無いんです。この間だって、結婚前にわたしが一人で使っていた二槽式の洗濯機が壊れて、新しい全自動のを買ったんですけど、朝、会社に行く前に、古いのを出して行ってくれればいいじゃないですか。一人で出せなんて言いませんよ。わたしがこっちを持つからあなたはそっちを持ってって言っているのに、あ、もう時間が無い、ごめん、なんて。一人で外まで運び出すの大変でしたよ。強そうなのは苗字だけ。三平さん、ご存知と思うけど、亭主の苗字は権藤っていうんですよ。権藤ですよ。クジラじゃないんだからって言いたい。わたし、本当は嫌だったんです。権藤なんて。わたしの旧姓は九条っていうんですよ。九条昌美。それが、結婚して権藤昌美。お公家さんからいきなり女相撲みたいになっちゃって。夫婦別姓も真剣に考えたんですけど。それも可哀想かなと思って…」

「優しいんですね」わたしは心にもないことを口にした。そろそろ話を切り上げたいと思ったのだが、昌美さんには通じなかったようだ。

「そんなんじゃないんです。わたしが優柔不断だったからいけないんです。あら？優柔不断って、こんな風に使っていいんでしたっけ？」

「いいと思います」

「よかった。わたし、どうも日本語がおかしいみたいで、亭主にもよく笑われる。学生のころから友だちにも指摘されたから、別に気にもしないけど…」

「奥さん」

「は!?」

「あのー…」

「はい」

「そろそろ髪を洗っていただけませんか?」

「あら。ごめんなさい。自分の話にばかり夢中になって。ごめんなさい。えーと、えーと」

昌美さんは慌ててしゃがみ、膝を立て、わたしを見上げた。片膝が浴室のタイルに着き水を吸い、布地が濡れていく。肉付きのいい昌美さんの太腿に眼がいく。

わたしもしゃがみ、両腕で自分の体を支えながら、昌美さんの膝に背中を預けるように倒していった。

昌美さんは少しよろけたが、すぐに体勢を立て直し、わたしの体を抱きとめた。わたしはなるべく、体重の負荷がかからぬように腕に力を込めた。

眼を閉じてされるままにしていた。

昌美さんは風呂桶に湯を汲み、わたしの髪を濡らし、やがて、シャンプーのいい香りが鼻腔を突く。

何十年ぶりだろう。気持ちいい、とても。

冬のさなか、ひどいしもやけで痒くて痒くて寝付けなかったころ、母は夜中起き出して、わたしの足を熱いお湯でマッサージしてくれた。お湯の中で足はみるみる真っ赤になり、痒みはあっという間に熱さの感覚へと、それから刺すような痛みの感覚に変っていったものだ。

「痛いよ」

「そのほうが血の巡りがよくなるんだよ」

「もう、我慢できない」

「しょうがない子ねえ」

ごろすけほー、ごろすけほー、ごろすけほー。

「三平さん……」

「あ、すみません」

「どうですか?」

「とっても、気持ち、いいです」

「じゃ、そろそろ、すすぎますね」

「ええ、お願いします」

わたしは、いつの間にか、うつらうつらしていたようだった。

35　嘘

久しぶりに楽に頭を洗い、清々しい気分だった。

昌美さんをテーブルに残し、コーヒーを淹れに台所に立った。と、

「あのう…」

「はい」

「一つ質問してもいいですか?」

「なんでしょう」

「インドで鼻と……んを失くしたと、言いませんでしたか?」

「ああ、皐丸ですね。失くしました」

「大丈夫なんですか?」

「ええ。特に問題はありません。性欲もちゃんとあります。ただ、鼻を失くしてから嗅覚が異常に発達したのと、皐丸を失くして、いろんなことの本質からちょっぴりズレたところを見るようになった気がして。どうも、まともじゃなくなりました。別に、前がまともだったというわけではありませんが」

「本質? ちょっぴり、ズレた?」

「ええ。春になると盛りのついた猫がふーはー悶《もだ》え、いびつな鳴き声に夜中起こされたりしますが、自分の心が見透かされているようで嫌なものでした。でも、あれが本質ですからね。目の前に気に入った雌がいたとして、その雌が、やらせてはくれないけれど、自分のことを気に入ってくれるのを望むか、自分を気に入ってくれなくてもいいから、やらせてくれるほうを望むか、どっちか択べといわれたら、嘘つきならともかく、正直なところ、男なら大方は、やらせてくれるほうを望むのじゃないでしょうか。気に入るとは、どういうことなんだろう。なんて。くだらないことばっかり考えていた」

「今はどうなんですか？」

「声が気になります。人の声。うっとりします。こんなことは今までありませんでしたよ。鼻を失くして嗅覚が異常に発達したのは分かりますが、睾丸を失くしたことと、聴覚に変化があらわれたことがどこでどう関係しているのか、分かりません。昌美さんはいい声ですね」

「あ、ありがとうございます」

「玖美が行方不明になってから、何かそのう、いろんなことが面倒臭くなって、どうでもよくなったんです。面白くない、何をやっても。そんな時、石焼き芋の声が聞こえてきて外へ飛び出した。あわてて部屋へ戻り、マスクを着け、また飛び出した。とっても美味しかった。そのとき、突然思った。突然。このおじさんのような声になりたい。こんな声が出る感覚で暮らせたらどんなにいいだろう。幸せになれるかもしれない。本当に。その場で薩摩芋の皮を剥き、ほくほく食いながら部屋へ戻ろうとした。そのとき、もう寝なさい、だったかな。昌美さんの声が聞こえてきて、ジーンとしちゃった。ちょうど、さっき髪を洗ってもらっていたときの感覚に似ていた。もう寝なさい……」

「あら、もうこんな時間」昌美さんはわざとらしく腕時計を見た。

「わたし、そろそろ帰ります。夕飯の準備もしなくちゃいけませんから」

そそくさと立ち上がる昌美さんを玄関まで見送り、わたしはふーとため息をつき、台所に戻り冷蔵庫のドアを開けた。

からんと硬い音がして小さな白い塊が落ちた。

拾って掌にのせると、それは、わたしのか玖美のかは分からないが、紛れもなく白い歯だった。

ライオンのCMソングが頭を駆けめぐる。

白い歯っていいなあ。白い歯っていいなあ。白い歯って。不意に涙がこぼれた。

もう芋など食わぬ。絶対に。何が焼き芋屋だ。

そうじゃない。嘘は分かっている。嘘つきは、この俺だ。

頭の芯が猛烈に痛くなる。そうだ。髭を剃ろう!

36　逆さ富士

日曜日ごとに昌美さんから頭を洗ってもらうようになり早一ヵ月が過ぎた。お礼にお金を渡そうとしたのだが、それよりも、三平さん数学が得意なら、健太に算数を教えてくださらない、と頼まれ、シャンプーが終ってから、昌美さんと入れ替わりに健太がやってくるようになった。

健太は小学三年生。五年生の姉の悦子は勉強ができるらしく、クラスでもトップのほうなのに、健太のほうは、まるで駄目。勉強以外のことなら大の得意だった。

健太は物事を哲学的に、というのは概念や言葉の意味について考える癖があり、それが勉強の妨げになっていることは、教えてすぐにわかった。

三角形の面積を教えようとすると、計算よりも、面積そのものの定義や意味に興味を示した。言葉と物の関係が気になるらしく、抽象と集合につき、わたしは汗だくになって説明を加えた。

「ふーん、なんとなく分かった」と、健太。

言葉の扱い、記号の意味を知ることが肝要なのだな、という風な顔つきをする。わたしの理解が、健太のそれを一歩も出るものでないことを思い知らされた。健太もそのことを知っているらしく、その点において、わたしを信頼しているようでもあった。

夕刻、勉強が終るとよく二人で外へ出た。テーブルの上に放って置かれたままのマスクを、健太が取ってくれることもあった。

夕焼けに赤く染まった空の下、富士山が見える。

「おじさん、富士山に登ったことある?」

「途中までなら車で行ったことがあるよ」

富士山に登っているとき、これが富士山だと分かるの?」

わたしは黙っていた。

「富士山が富士山でなくなったら、おもしろいね。宇宙とか。ミジンコとか。アリとか。雷とか海とか…。富士山が落ちたら、どうなるの?」

「落ちるって?」

「だって、地球は丸いんでしょ? 逆さ富士っていうのは、地球がぐりんて回って、日本が地球の下側に行ったとき?」

「そうじゃないさ」

「おじさん、ママのこと好き？」

「好きだよ」

「愛しているの？」

「愛しては、ないさ」

「愛するようになるかもしれない？　ママが富士山なら、いいんじゃない？　逆さ富士」

「どういうこと？」

「分からない。じゃね」健太はサッと手を上げて帰っていった。

日もとっぷりと暮れ、肌寒くなったので、馴染みのラーメン屋へ寄って帰ろうと思い、反対の階段を下りることにする。下りながら、これを地球外から眺めたら、上っているように見えるかもしれないと、ふと思った。

37　カテドラル

夢から覚めると、わたしは、今日一日のことについて静かに計画を立てた。昌美さんが頭を洗いに来てくれる日であり、それが終れば、厄介な健太に算数を教えなければならない。

昌美さんの洗い方は短期間に目覚ましく上達し、わたしは昌美さんのふくよかな膝に身をもたせながら、夢見心地で眼を閉じる。シャンプーの香りを嗅ぎながら、これまで旅した土地や訪れたことのない国の動物、花、男、女、習慣、食事を思い浮かべ、そこから見える月を想像して飽かず眺めている。

ボロブドゥールの仏教遺跡を訪ねたとき、とっぷりと日が暮れ、傍の宿をとり、熱を帯びた頭で眠ったら程なく悪夢にうなされた。朝の四時を過ぎたころ、遠く近く地球の鼓動のように聞こえてくるムスリムの祈りにおびえて目が覚めたのだが、覚めたことがまた夢で、限りなく底の底まで落ちてゆく気がした。

昌美さんの淡い膝に抱かれて見る夢が、本当に今この瞬間、あのころを思い出して像を結ぶのか、熱にうなされて見た夢の正体が未来である今を投影していたものか、すっかり分からなくなってしまう。

眼を閉じていさえすればすべては展開し、開ければ胡蝶の夢となって跡形も失くなる。「さあ、終りましたよ」と声を掛けられ、隠微な水路を泳いでいたことを見られたようで、急に恥ずかしくなる。

シャンプーの後は、コーヒーを淹れ、昌美さんが持ってきてくれたケーキを食べながら音楽を聴く。話す時もあれば、恋人のように一言も話さないこともある。

昌美さんのお気に入りはマイルス・デイヴィス。『カインド・オブ・ブルー』なんてどこがいいのか分からないが、来るたびに、あれをかけてと頼まれる。わたしは、もっと後期のひどくうるさく猥雑なほうが好きなのだが、昌美さんに言わせれば、『カインド・オブ・ブルー』のほうが数倍猥雑なのだそうだ。健太に「猥雑」の定義を訊かれたら、なんて答えよう。

健太は算数よりも国語に興味があるらしく、昌美さんと入れ替えにわたしの部屋に入ってくるなり、奥の書棚にまっすぐ歩いてゆく。本の背文字に目をやりながら、わたしがこれまで読んできた本についてあれこれ訊いてくる。

このあいだは、ウイリアム・サロイヤンの「哀れ、燃える熱情を秘めしアラビア人」の話をした。主人公のアラムはどことなく健太を彷彿とさせる。というか、孤独な少年はどこの国でも同じなのかもしれない。ホースローヴおじさんにあれこれ訊いて迷惑がられるところもそっくりだ。

今日は書棚からどの本を探してくるだろう。このごろは、それがわたしの密かな楽しみだ。

そんなことを思っていると、ごめんください、と言って健太が入ってきた。いつものように、玄関でお気に入りのスニーカーを脱ぎ、スリッパに小さな足を入れ廊下を通って奥の部屋へ行く。

もうすぐ四年生になる健太にコーヒーの味は分からない。冷蔵庫からグレープフルーツジュースを出し、コップを二つ用意して、ジュースをぎりぎりまで注ぐ。リビングのテーブルにコップを運び健太を呼んだ。健太はすぐにやってきた。

「今日は何もって来たの?」

「ファイアズ。レイモンド・カーヴァーの」

「なんで?」

「箱がきれい。このあいだ、この作家のことを言ってたじゃない。好きなんでしょ、この作家。中年夫婦の家に奥さんの男友だちで眼の見えない人がやって来る話。おもしろかった。お客さんをソファーに座らせ、家のものが向かいの椅子に座る。奥さんの隣に座った夫が、相手は眼が見えないというのに、奥さんのスカートの丈が気になって、相手にそれと分からぬように、そっと裾を引き伸ばす……。その本がこれ?」

健太は箱から本を取り出し、頁をぱらぱらめくっている。

健太が言っているのはカーヴァーの「カテドラル」。持ってきた巻には入っていない。そのことを健太に告げようとしたとき、『ファイアズ』のなかに挟んである月報が抜け落ち、テーブルの下へ入った。健太は椅子から下りてテーブルの下へもぐりこむ。月報を拾って出てきた健太の手に、きらりと光るピアスが握られていた。さっきは気づかなかったが、昌美さんが落としていったものに違いなかった。

38　蛙の置物

「これ、ママのピアス」

「……」

「どうして落ちてるの?」

健太の視線は真っ直ぐわたしの眼に注がれている。真実をつかむまでは絶対にここを離れないとでもいった気迫に充ちている。本当のことを言ってしまおうかとも思ったが、いくらマセていても、まだ小学三年生なのだ。

「髪を洗ってくれるとき外したのさ」

「どうして?」

「だって、水が掛かっちゃうかもしれないじゃない」

「ここで外したの?」

「そうだよ」

「ママ、家ではいつも脱衣場で外すのに」

健太は、昌美さんの真珠のピアスを指に挟み、何度も転がしている。そうしているうちに本当が見えてくるとでもいうように。

「ちぇっ!」

「何が?」

「なんでもないさ」

「何が?」

「だから、なんでもないって。おもしろくないだけ」

健太は、ピアスを弄ぶのをやめ、ズボンのポケットにしまった。

「ちぇっ!」

それから奥の書棚のある部屋へ行き、やがて、「あ。これ。おもしろい!」と歓声が上がる。

追いかけて行ってみると、先日、中華街で買った蛙の置物を熱心に見ている。

どういうわけか、その蛙には、顔が三つ付いていた。

「これ、おもしろいね」

「そう?」

「ちょうだい、これ」

「どうして?」

「おもしろいから」

「どうして健太にあげなくちゃいけない?」

また真っ直ぐわたしの眼を見た。理由はわたしの胸に訊け、とでもいうように。

「わかった。もっていけ」

「ありがとう」

それからは、普段どおり音楽を聴いたり、質問されるまま、健太に答えたりした。不意に、玖美の折れた歯のことを思い出した。あれは、たしか冷蔵庫にしまって置いたはずだった。それがいつの間にか失くなっていた。

歯茎の下で疼く痛みに耐えかね爪で掻いた。皮膚が破れ、硬い骨のような歯が顔を出す。涎がこぼれる。健太の視線にまともにぶつかる。眼の前の少年がとても邪魔な気がして恐くなる。

39　叙情

「歯、大丈夫?」

「痛かった?」

「ええ。ちょっと、舌がひっかかって…」

「あんなことがあるんだね。まさかと思うよ、奥歯が割れるなんてさ。青天の霹靂ってやつ。次の日、マスクして中井歯科、知ってる? ほら、保土ヶ谷橋の交差点を渡って川原酒店があるでしょ。そこを左に折れて、交番のところを右へ曲がる。百メートル、もないか、八十メートルぐらい行くと踏切があって、渡って三十メートルほど行った先の右手が中井歯科。保険証持って行ったんだけど、予約してないからすぐにってわけにもいかなくて参った。痛みを堪えるのに、小刻みに足踏みなんかしてさ、小学校のマラソンの大会でせっかくトップで走っていたのに、運悪く電車が来ちゃって踏み切りで足止め食わされているうちに、二位三位の連中が次々追いついて、遮断機が上がったときには五、六人が一斉にスタートを切る、あん時のやきもきした記憶が甦ってさ、ん、なんだっけ、そうか。そうそう、見るに見かねたおじさんが、どうしました、よかったら、どうぞ先に診てもらってください、どうぞどうぞ、いいですから、よっぽど痛いんでしょうって言ってくれたから助かった。もう痛くて痛くて小便漏らしそうだったもの。診察室に入って、マスクを着けたままってわけにいかないじゃない。取ったさ。仕方ないもの。看護婦、って、言わないよね。歯科助手っていうんだっけ。ま、いいや、どっちでも。分かるよね。その歯科助手がさ、おれのこの穴だけになった鼻を見てギャッって飛び退いた。ははは…お前も奥歯が割れでもしたか、って、冗談の一つも飛ばしたかったけど、そんな余裕はないし、お、お、お、奥歯がわ、わ、割れまして…　って言ったら、は、はい、しょ、しょ、少々お待ちくださいって、先生を呼んでくれた。マスクして現れた先生、どうしましたっていうから、寿司屋で烏賊を食っていたら、グギッて音がして奥歯が割れましたって告げた。マスクのせいで、先生の表情を正確には読み取れなかったけれど、あの先生、おれの鼻穴を見て目が驚いていたよ」

「ふふ」

「なに？」

「……」

「どうしたの？」

「終った後、どうしていつもそんなによくしゃべるの？」

「ん」

「どうして？」

「どうしてって…　そんなによくしゃべるかな」

「よくしゃべるよ」

「そうかな」

「そうだよ。健康そのもの、元気いっぱいって感じ」

「ふーん」

「気持ちがいいから？　なんか、アダムとイブ」

「どういう意味？」

「叙情がない」

「叙情がない？」

「未来のイブってあったでしょ。リラダン博士だっけ。あんなふう。抱かれていると、わたしを見てないって感じ」

「どこを見てるって？」

「分からない。どうなの？」

「なに？」

「自分ではどう思うの？」

「んー」

昌美さんの唇からのぞく白い歯をコツコツ爪で叩いてみる。桐野夏生の小説に出てくるミノルがよくやる癖。あの小説を映画にするなら、ミノルの役は昌美さんを措いて他には考えられない。玖美が生きていれば話は別だが。

「どうしたの?」

「え」

「また、別のこと考えてたでしょ」

「別に……」

「あ〜あ。しょうがないな。ま、いっか。……。玉を失くしてもちゃんとできると思わなかったよ、不思議。ほら、また大きくなって」

「うん」

「あははは……　何が、うん、なのよ」

身を捩じらせて笑う昌美さんの目に涙が浮かんだ。

「え?」

「おもしろい」

昌美さんの顔が腹のほうへ移動していく。

40　大っ嫌い

昌美さんは、その後もちょくちょくわたしの部屋へやってきた。浴室で頭を洗ってもらい、音楽を聴きながら、おしゃべりをし、コーヒーを飲む。コーヒーは、近くに自家焙煎の店が最近できたので、そこから買うようにしている。なかなか美味い。

わたしが買い置きしている週刊誌を、昌美さんは割と手に取る。パラパラめくっているうちに何かの記事に没頭し、そうなると、なんとなく話しかけづらくて、わたしは、サロイヤンかカーヴァーに手を伸ばす。お気に入りの短編小説を読みながら、お気に入りのブラジルコーヒーを飲む。

「ねえねえ。ちょっとここ、読んでみて」

ちょうど、カーヴァーの「雉子」を読んでいた時のことだ。

夫が目の前に現れた雉子に気がつき、ブレーキを踏むかと思いきや、反対に、アクセルをグイと踏み込みスピードを上げたところで、昌美さんに声を掛けられた。いいところなのにと思ったが仕方がない。しおりの紐を挟み、テーブルに広げられた週刊誌を覗き込む。

「ここ」

細い尖った指先が押さえている頁のその箇所は、こんなふうに始まっていた。

「もっと悲しまなければならない。人間は、もっと悲しまなければならない。人形のように悲しまなければならない。別れた人の思い出が不意に浮かんでも、我慢して気を取り直し、その後、二度と会えないとしても、たとえそのまま死ななければならないとしても、できるだけ笑って、今日知り合った人と対峙し、とりとめのない話を交わす。それを楽しみ、それでよしとして、生きていかなければならない……」

文章はさらに、センチメンタルに、だらだらと続いていた。

「もう読んだの?」

「いいよもう」

「どうして?」

「どうしてって……」

「自分に似てるから?」

「…………」

「珍しいわね」

「なにが？」

「言いよどむなんて」

「そんなことないさ」

「そんなこと、あるよ」

「そうかもしれないけど、陳腐な体験に縛られて飛び上がれずにいる蛙だよこんなの。それに、人形のように悲しまなければって、人形の何を知っているっていうの、この人。人形は、ただの人形さ。悲しみも喜びもない」

「比喩でしょ、それって…。怒ってるの？」

「怒ってない」

「怒ってる」

「怒ってないよ」

「怒ってるじゃない」

「いいよ、もう」

何が「もう」か分からないが、ネジ式のバネが一つパリンと外れたような感じがし、それ以上しゃべったら、取り返しがつかないことになりそうなので、黙っていることにした。そのまま突っ走ったらどうなる。もう頭を洗ってもらえない。それは、とても困る気がした。一時の感情に支配され、いや、感情なんかではない、気分に支配されて暗い欲望の爆発に淫するのは惜しい気がし、わたしは拗《す》ねた。

読みかけのカーヴァーに戻ろうとしてテーブルを離れ、隣の部屋へ移動するわたしに、昌美さんの視線は、平行移動のカメラのように張り付いて、ヒリヒリと追いかけてくる。固まってしまいそうな重い体をソファーにドスンと落としたら、昌美さんの声が爆発した。

「そういうとこ、大っ嫌い！」

そういうとこって？　わたしは、穴だけになった鼻の奥に、ツーンと焼けた鉄錆の臭いを感じ、涙目になりながら、必死で頁を追いかける。

目を大きく、間抜けなほど見開くのだが、どうにも場違いな涙が浮かんできて、文字がだぶってしまう。

でも、知っている。この話、最後は、妻が夫の頬をピシャーンと殴って立ち去るのだ。

昌美さんは、わたしを殴らずに、黙って部屋を出て行った。いつもならそっとドアを閉めるのに、その日は、こっちの部屋にいてもドアの閉まる音が聞こえた。

それから三週間、昌美さんは現れなかった。わたしの頭は臭くなり、あまりの異臭に、気絶しそうになった。腐ってひとり暴れた。

41　コルトレーン

昌美さんとは、その後、なんとなく仲直りをし、また普段どおりのつき合いが再開、日曜日ごとに、頭を洗いに来てくれるようになった。

恋人というわけではない。ただの友だちというわけでもない。睾丸を失くしたことと、何か、関係があるのだろうか。このごろの気分や感覚の変化にとって、ということだが。あるような気もするし、昔からこんなだったようにも思う。気分がすぐに変化してしまうのは昔からだ。玖美や昌美さん以外にも、誰かれとなく指摘された。

「なに考えてるの?」「話、聞いてる?」「あ、まただ!」「どうしてそんなふうなの?」「見てる? わたしのこと」「つまんない」「嫌いなの?」そういうのが苦手なだけ…。

紅葉坂の教会の前に新しく出来たジャズ喫茶でライブをやるというから、昌美さんと健太を連れて行くことにした。悦子ちゃんは留守番、権藤さんは、仙台に出張中。昌美さんは、ジャズのライブは初めてだという。健太は、ナマの演奏を聴くのが初めて。二人とも緊張の面持ちで、演奏者の出番を待っている。小さな店で、ジャズのライブらしく、身内がほとんど。チラシを見てきたのは、われわれ三人と、カウンターの椅子に座っている恋人らしき二人連れぐらいのものだ。

わたしと昌美さんはビールを頼み、健太にはオレンジジュースを取ってあげる。花粉症の季節だから、マスクをしているのは、誰に見咎められることもないが、ビールを飲むときまでマスクを外さず、少しずらして直接瓶を口にもっていく姿は、少なからず奇異な感じを他の客に与えたようだった。

ワン、ツー、スリー、と、指でリズムを取りながら、演奏が始まる。

テナーサックスは名のしれたミュージシャンだが、ナマで見るのは初めてだ。演奏前の挨拶のとき、顔面神経痛のようなチック症状が口元の辺りに現れていたから、大丈夫かと怪ぶんだ。が、演奏はさすがにバリバリ、朗々たる音を響かせた。

健太が食い入るように身を乗り出し、ときどき思わず体がスイングして、わたしと目が合い、恥ずかしそうにしている。昌美さんは、睨むようにじっと演奏者たちを見ている。

ギターの小柄な男とは、ボンベイで開催されたジャズ・フェスティバルで共演したのだとか。曲が終り、次の曲が始まる前の紹介で、テナー奏者がそう言った。ギターの男をセンシティブだとも。

あのギタリスト、センシティブはセンシティブでも、ハムスターのようなセンシティブ。三角だもの。

ベースはといえば、ライブの始まりから終りまで、一曲を除いて、ずうううっっっとボムボムボン、ボムボムボン、ボムボムボン、ボムボムボン……て、それぱっかり。弦の音なのか声なのか、よく分からない。あんなだったら、ベースを弾かずに、口三味線でやりゃあいいのに、と、思った。ボムボムボン、ボムボムボン、ボムボムボン、ボムボムボン……。

ビールを飲んだせいか、トイレが近くなり、曲と曲の間に、急いで席を立つ。トイレで用を足し、鏡の前で手を洗いながら、マスクをずり下げ大きく息を吸う。間抜けな鼻の穴から、裏側が見えるような気がした。

コルテスが発見したのは、どこだった？

トイレを出たら、すでに次の演奏が始まっていた。ハムスターのセンシティブはさらに度を増し、ベースのボムボムは止んでいる。

この曲、ええと、ええと、コルトレーンのバラード、なんという曲だったか。心なしか、さっきよりも照明が明るく感じられる。自分の席に戻ろうと、テーブルの間を注意しながら歩いたのだが、尻が当たって、隣の席のグラスが危なく倒れそうになる。健太が音に反応し、振り向いた。大丈夫、と、目で合図する。昌美さんは微動だにしない。見ると、照明のせいとばかりはいえない光が目元を濡らしている。

わかった！　ソウル・トレーン。タッド・ダメロンがコルトレーンの名にちなんで書いた曲だ。コルトレーンのほかに、日本の武田和命の名演奏も知っているけれど、いま目の前で演奏しているこの曲だけは、二人にひけを取らない。危うく泣きそうになる。

第二部が始まる前に、三人店を出た。あまり遅くなっては、悦子ちゃんに悪い。

桜木町駅前にある、不味くないほうのラーメン屋に入り、わたしはネギラーメンの大盛り、健太は味噌ラーメン、昌美さんは醤油ラーメンを頼んだ。ライブ演奏で腹が減っていたのか、三人とも無言でラーメンを啜《すす》る。マスクを外したわたしの顔を見て、店員がギョッとした。

途中、丼《どんぶり》から顔を上げたとき、昌美さんと目が合った。小首をかしげ、わたしに何か問いたげな表情をしたが、昌美さんは、またすぐに目を落とし、最後の麺を美味しそうに食べている。

「ああ、美味しかった」と、声を出したのは健太だった。素っ頓狂な声で、端っこの席に着いていたサラリーマンが、ギロリと睨んだ。昌美さんが笑っている。誘ってよかった。

42　性癖

だんだんと出不精になっていった。本心をいえば用事がなければ一切外へ出たくない。勤め先は小さい会社だから、鼻の無いわたしの顔をみても誰も驚かなくなった。人間の適応力というのは大したものだ。

しかし実際のところは分からない。わたしを傷つけまいとして気を遣っているだけかもしれない。その証拠に、先日、トイレで用を足した後、洗面所で顔を洗いマスクを着けずにドアを開けたら、若い女性社員がギャッといって飛び退いた。

よく顔を洗うようになったのには訳がある。鼻の突起を失くしてからというもの、匂いが強烈に鼻を射し刺激するようになったからだ。匂いの微粒子が鼻腔の粘膜に付着しているのかもしれない。マスクは、他人を驚かせないためということもあるけれど、最近、外の刺激を遮蔽《しゃへい》するためという新たな目的が加わった。

九時五十五分に出社し、六時五分に退社する。それがもう何ヵ月も続いている。残業はなるべくしない。夜になるほど匂いがきつくなるように感じるからだ。

桜木町駅前に数軒の一杯飲み屋がある。昼夜の別を問わず酒を飲ませる。わたしは入ったことがないけれど、いつ通っても満席だ。店に入ったら、胡散臭げに見られるのがオチだ。

先日、六時十五分に店の横を通ったとき、不意にクサヤの干物の臭いがプンと鼻を突き死にそうになった。その場にしゃがんでしばらく休み、息を整え、臭いに刺激されぬよう、煙の下をしゃがんだまま歩いて地下道へのエスカレーターまで辿り着いた。まるで犬だと思った。

クサヤの干物の匂いに刺激され、危うく気絶しそうになった日、久しぶりに東急ハンズに寄ってみた。

出不精がたたってか、近ごろ少し腹が出てきて、着れない服と穿けないズボンが多くなった。捨ててもいいのだが、なんとなくもったいない。気が咎める。着れなくなった服と穿けなくなったズボンをダンボールに詰め、秋田の実家に送り届けることにした。

東急ハンズで、ビニールの結わい紐を買った。ひと巻きで充分なのに、百五十七円と安かったので、ふた巻き買った。そんなに縛るものもないのだが、ふた巻き買って安心する。横浜駅でJR横須賀線のホームに向かわずに、ふらりと京急線の電車に乗った。十数年前、東京の出版社に勤めていたころ、妻と別れてしょぼしょぼしていたわたしは、アパートのある井土ヶ谷に帰らずに、一つ手前の弘明寺駅で降りることが多かった。いまアリゾナにいるK氏が借りているマンションが当時弘明寺にあり、たびたび K 氏の部屋を訪ねた。

弘明寺には有名な観音様がいる。寺を過ぎ坂を上ったところが弘明寺公園、横浜とは思えぬ鬱蒼《うっそう》とした竹林がある。妻と一緒に来たこともあった。

朔太郎の竹がにょきにょきと生えていて、それは今も変らない。六十年に一度、地球上の竹が一斉に枯れるというのは本当だろうか。

竹のそばに鰐がいた。

三メートルもあるピンクの鰐。いや、色は普通に土色、どす黒い。こんなところに鰐というのは、夢か岡崎京子の『ピンク』しかあり得ない。テレビのニュースでやっていたのはこいつかもしれないと思った。

鰐は身じろぎもしない。しかしこの類の生き物は、じっとしているかと思いきや、いきなりグワンと襲い掛かってくるらしい。こいつの心を見てやろうと思い立ちマスクを外す。顔を恐る恐る鰐の顔に近づける。どれぐらいそうしていたろう。二十分かもしれず一時間かもしれなかった。途中一度だけ鰐はまばたきをした。ゆっくりと閉じ、それからまた開けた。

合点がゆき、東急ハンズで買った紐を取り出し、鰐の首というか胴の上半分をぐるぐる巻きにして、それから引きやすいように結び目をつくった。そして、上野の西郷さんの要領で鰐を引っぱった。ズンという重量が掌にひびき、引っぱられそうになったけれど、やがてノッシノッシと歩き始めたのだ。

弘明寺公園を線路沿いに下り、なるべく人の少ない裏通りを探して歩いたのだが、それでも何人かとは出くわした。その都度、通行人がギャッと飛び退いた。

いくらペットブームでも三メートルの鰐だ。コモドドラゴンと見紛うばかり。なんだか嬉しくなってくる。『ピンク』の主人公は女だけれど、彼女の気持が分かる気がする。何事も体験してみなければ分からない。

昌美さんも健太もきっと喜ぶだろう。なんといっても鰐だ。悦子ちゃんだって、これを見に遊びに来るかもしれない。鰐は何を食べるのだろう。インターネットで調べなければ。もりもりと、生きる勇気が湧いてくる。

43 鰐

鰐の寝床をどうするか、いろいろと考えた末、結局、廊下に寝てもらうことにする。

体長三メートル、正確には二メートル九十二センチだから、居間にも洋間にも邪魔っけで置くわけにはゆかない。

廊下なら、鰐が片側に寄っていてくれさえすれば、わたしが坂の下でしこたま飲んで帰宅した晩、トイレに立つとき躓《つまず》かないかぎり、日々の暮らしにそれほど支障はない。食費が嵩むことは仕方がない。なんとかやりくりできるだろう。

ときどき鰐に悪戯《いたずら》をして楽しんだ。口をガチガチに縛ったうえで鰐の鼻穴にティッシュを詰めたことがあった。鰐の鼻穴を塞ぐには、多くのティッシュを要し、駅前でもらったポケットティッシュで充分なのに、持ち合せがなく愛用の高級ティッシュを使うことにした。箱には、ティッシュでなくティシューと表記してある。

「厳選された純粋パルプを最高レベルの肌ざわりに仕上げ、洗練されたシンプルなデザインのパッケージで包みました。」

中身だけでなく外見にまで徹底してこだわる精神が漲《みなぎ》っている。

この最高級ティシューを鰐の鼻に詰めた。息苦しいのか、走った後の馬が鼻穴をバフバフするように拡《ひろ》げるので、いくら詰めても、穴が塞がらない。わたしはやけくそになり、これでもかと詰め込んでやった。

片穴がようやく塞がりもう一つの穴にも詰める。最高級ティシューがどんどんなくなり、箱がカタカタ鳴った。

両方の鼻穴が塞がるかと思った矢先、鰐がブウンと尻尾をはらったから堪らない。牛でも一撃で殺すという鰐の尻尾が、廊下の壁にドスンとぶつかり壁は見事に砕け散った。さすがは鰐だ。衝撃で鼻穴に詰めていた最高級ティシューも吹っ飛んだ。焦ったのか、鰐はパツリパツリと眼をしばたたかせた。

なんだかとても愛おしく思えてくる。子どものころに田舎で飼っていた馬を思い出しさえした。鰐の隣に身を横たえ、砕かれた廊下の壁を見上げながら、しばらく休んだ。

外では脈絡もなくクラクションの音がする。パフーン。英語圏のマンガならPhhh……nになるのかな。

Ph7が酸性とアルカリ性を分ける基準値ではなかったか。鰐は酸性？　それともアルカリ性？　デタラメを思いつくことは、鰐を飼っていることと同じくらい奇妙なことで、親にも友だちにも、誰にも気づかれることなく、すぐにこんなことは忘れてしまうだろうが、それがとても悲しく、なんとも嬉しい昼の午後なのだ。

44　散歩

鰐オタクっていうのは聞いたことがない。先日A新聞に岡崎京子がマンガ大賞を受賞したことが載っていた。弘明寺公園で鰐に遭遇しても『ピンク』のことがなければ家に連れて帰らなかったかもしれない。

我が家の鰐は体長が二メートル九十二センチあるから、食べる肉の量が半端ではない。豚肉、鶏肉、羊肉、何でも食べる。BSEも鶏インフルエンザも関係ない。このあいだは生ゴミに近づいた鳥を一羽丸ごと食った。

日曜日、ゴミ出しの日ではないのにルール違反はどこにもいて、五つ六つのゴミ袋が無造作に捨てられてあった。わたしは、鰐を連れ出しゴミ捨て場の反対の藪の中に鰐を押し込め、鳥除けのネットをゴミ袋から外した。

鰐は土気色のまま、ピクリとも動かない。案の定、何も知らない数羽の鳥は生ゴミの匂いに魅かれ、ヒョンヒョンヒョンと寄ってくる。硬い鰹節のような嘴《くちばし》で、半透明のビニール袋をバリバリと破いていく。と、転瞬バクッ！　グウ、いや、カ〜の音も出ぬまま、一羽の鳥が鰐に食べられた。ほかの鳥たちが一斉に飛び立ち、電線に止まって、事の次第を見極めようとでもいうのかカ〜カ〜鳴いている。

匂いに魅かれてやってきたネコは、見たことのない巨大生物の出現に慌てふためき、近くの家の軒下にもぐったまま、なかなか出てこようとしない。

鳥たちの視線を浴びながら、英雄気取りのわたしは鰐を連れ、散歩と洒落込んだ。

鰐とわたしの故郷秋田は古来より深い関係があった。「夏四月・阿陪臣《あべのおおみ》（闕名《なをもらせり》）船《ふな》師《いくさ》、一百八十艘を率ゐて蝦夷を伐つ。齶田《あきた》・淳代《ぬしろ》二郡の蝦夷・望《おせ》り怖《お》ぢて降《したが》はむと乞ふ。是《ここ》に於て軍を勒《ととの》へて、船を齶田浦《あきたのうら》に陳《つら》ぬ。齶田の蝦夷、恩荷《おが》、進みて誓ひて曰《まを》さく。官軍《みいくさ》の為《ため》の故に弓矢を持《もた》らず、但だ奴等《やつら》、性《ひととなり》、肉《しし》を食ふが故に持《もた》り。」と『日本書紀』は伝えている。地図を見れば確かに、大きな顎《あご》をこれでもかと開き日本海に向け猛々しく吼えている。齶田の齶と顎と鰐は、号において同列である。鰐の夢は遥か古代へと及ぶ。

天気晴朗、ランドマークタワーが、白い雲を背にたなびかせ涼しげに立っている。鰐にランドマークタワーを見せようとしてアゴを両手で抱え上方向へ煽《あお》ろうとするのだが、興味がないのか、一向に見向きする風もなく、すぐにブンと振り払ってしまう。

仕方がないから、ロープを曳《ひ》いて坂を下り、狭い階段に向かった。鰐は一瞬躊躇うようだったが、太い前脚をずんと出し引き続いて反対の…、と、体重が急階段の角度に負け、ズドドドドドド〜ンと途中の踊り場までまっ逆さまに落ちた。あ〜らら、ロープはわたしの手を離れている。

上から見ていると、焦っているとも恥ずかしがっているとも痛がっているとも見えず、ひっくり返ったイモリが体勢を元に戻すように、モゴモゴ黙って起き上がり、憮然としている。わたしは階段を下りロープの端を持ち、鰐に謝った。

踊り場から下の階段は、いま滑り落ちた長さよりもさらに長く、今度落ちたら本当に怪我をしてしまいそうだから、いったん坂の上まで引き返すことにする。

上りは最前の失態を挽回すべく、不敵な面構えでグワッシグワッシと、一段ごと勇壮に上った。そこから、遠回りにはなるが、S字カーブの坂道をゆっくり下りる。環状1号線を国道1号線に向かう自動車が信号待ちで停まる度、鰐を見てみな驚く様子。窓ガラスを下ろし、指を差しはしゃいでいる男の子もいる。

ゆっくり進むクルマと歩調を合わせながら歩道を歩く。保土ヶ谷橋の交差点を左の小路へ折れ、空き地の横を通って靴を脱がずに川へ降りた。鰐は、大の大人がビニールプールに入ったような格好で、どうにも様にならない。それでも、なるべく水の深い処をさがし体が水に浸かるようにする。二度三度、鰐は尻尾を回し、水しぶきをわたしに掛け、先ほどの仕返しをする風なのだ。それから岸に上がった。ふたたび衆目に晒《さら》されながら、鰐を連れ、山の上まで帰った。

途中、自転車に乗った警官が追いかけてきて尋問された。なんのつもりだ。なんのつもりって、ペットだよ。鰐がか。そうです。許可を得ているのか。その時タイミングよく鰐が瞬《まばた》きした。同志のつもりでもあろうか。臆病な警官はそれを見て言葉につまった。本物なんだぜ、お前もさっきの鳥のようになりたいのか。警官はもうそれ以上質問することなく、回れ右をして、ゆるい坂道を下っていった。ブレーキのキーキーいう音が警官の悲鳴のようにも聞こえた。誰かが警察に告げ口したのだろう。

45　バイブレーター

なににしても、自分にないものをもつのはいいことだ。友人にしろ恋人にしろ鰐にしろ。

恋人は白い腹がいいのだし、友人は無意味な会話がよく、鰐は牛を一撃でなぎ倒すパワーがいい。どれも、わたしの好きなもの。が、どれも、わたしにはない。友人はきっと怒るだろう。彼にしてみれば、わたしのほうこそ何の役にも立たぬ無意味なデタラメな話ばかりなのだから。

鼻を失くしてから、彼には連絡をとっていない。電話もメールもしない。鰐のことなどもちろん知らない。馬鹿にされるのがオチだ。

近ごろ気づいたのだが、鰐は、ドラムンベースと工事現場のバイブレーターの音に鋭く反応する。気に入っているようにさえ見える。

隣のＦ製作所が取り壊され、このところずっと工事をしている。マンションでも立つのだろう。

朝早くからダダダダダダ、ダダ、ダ……。鰐は相変らずじっとしているものの、なんとなくオーラが違う。黄色というかピンクというか、とにかく、土の色がカラフルなオーラに変化する。休日は、食事を済ませた後で鰐を連れ工事現場に出向く。最初驚いて見ていた現場の人たちも、今ではもう驚かなくなった。

「お、鰐太郎、来たか、来たな」などと言っている始末。この鰐、オスだったのか？　とも思うけれど、それはどっちでもいい。それからしばらく、工事の様子を見ている。

工事は、こちらの都合に合せて進行しているわけではないから、のべつまくなしバイブレーターを鳴らすわけにはゆかぬ。ところが、鰐はバイブの音が好きなので、それが止んでいる時間が長すぎると、パワフルな尻尾をブンと二、三度振り回す。風を起こして催促するふうなのだ。

工事のおじさんたちは、それと知り、鰐を喜ばせようと、砕いたコンクリートをさらに細かく粉砕する。鰐は音の微妙な違いを察知しているようだ。地面に厚く張られたコンクリートにバイブレーターを垂直に立て、本気の仕事で砕く音が好きなのだ。鰐がこれほど音に敏感とは知らなかった。

今日も朝からダダダダダ…と、勢いよくバイブレーターの音が炸裂している。向こうに見えるランドマークタワーは身じろぎの気配すらない。

鰐はすでに色めき立っている。ここから聴いていても、今日のこの音、遊びなどでなく仕事で鳴っている音に間違いない。雀は何しに寄ってくる？　醬油で焼いた香ばしい匂いは堪らない。昌美さんの白い腹が不意に目に浮かぶ。

46　金星

鰐とベランダに並んでぼんやり外を眺めていた。空には一番星が輝いている。仰ぎ見ていたせいか、なんでもない昔のことを思い出した。

二十代のころ、後に妻となる女性と箱根に行ったことがあった。携帯電話もデジタルカメラもない時代、ガイドブック片手に見て回った。DPEから上がってきた写真を見たとき、これは嘘だと思った。ブランコに座り、少し上方を見上げているわたしが写っていた。後に妻となった女性は、その写真を見、クスクス笑った。何も言わずただクスクスと。

悪気はなかっただろう。しかし、頭に来た。写真と彼女の笑いを笑い飛ばす勇気が当時のわたしにはなかった。

そんなことは二度とするまいと心に誓うのが精一杯で、ただただ恥ずかしかった。これから写真に写るときは、写されていることを知りながら、自然なふうを装うのは止めようと思った。恥ずかしくて身の置き所を失くしているわたしを見、女は、まだクスクス笑っている。仏の顔も三度まで。手当たり次第につぎつぎとレコードを割った。イジけ捩じれて血が上り、グジャグジャとなって、八つ当たりしないでと言われても、勢いは止まらず、何がなんだか訳が分からなくなった。

「弱いね」

女の右の乳首を噛み切ったのは夜更けてから。シーツが見る見る血で染まった。鰐はわたしの横で押し黙り金星を見ている。こっちの気持ちを知ってか知らずか。あれは金星で起きたこと。嘘じゃない。

47　リピートボタン

子どものころから「月の砂漠」が好きだった。今も一人に浸っていたいときや、ムシャクシャイライラして人間嫌いに陥ったとき、デカい声で歌う。

♪　つ〜きの〜　さば〜くを〜

鰐はじっとして聴いている、ように見える。が、本当のところは分からない。好きなのか嫌いなのか、どっちでもないのか。

一度、「きんと～ぎんとの～」と声を張り上げたとき、グワワーッと大きく口を開いたときがあったから、そうか、こいつも好きなんだと思ったことがあった。こいつを連れて砂漠に行ったらどんなに楽しかろう。

しかし、すぐに無理だと気がついた。鰐は水がないと生きていけない。オアシスのある処なら別だが、カラカラの砂地を何時間も歩くことは不可能だ。ラクダの背中に括り付けてもいいが、暑さと生来の苛立ちで、ラクダのコブに噛み付くかもしれない。ときどき外へ連れ出して、公園の砂で遊ばせるぐらいが関の山だ。

鰐はまた、スティーヴィー・ワンダーはハッキリ嫌いなようである。ノリがいいので、ひょっとしたらと思ったのだが、全然だめだった。尻尾を例のごとくブンと一振りし、嫌いであることを告げた。仕方がないから、ゴンドウクジラの鳴き声を聴かせてみる。これは滅法気に入ったらしく、音が鳴っている六十四分間、鰐は身じろぎもしない。その間わたしはゆっくり眠ることができる。ダン！　と音がして目が覚める。CDはとっくに終っていた。笑いがこみ上げる。酔っ払いオヤジがスナックの看板を蹴飛ばす図が目に浮かんだから。

すばらしいアイディアが閃いた。リピートボタンを押せばいいのだ。そうすれば、曲が終ったからといって暴れることもないだろう。

朝三時半過ぎ、ダン！　と音がし目が覚める。曲は何度目かのリピート（たぶん三度目）で確かに鳴りつづけている。飽きたのか？　それならばと思って、鰐お気に入りの「エターナル・ライト」を掛けてみる。ところが、むずかる赤ん坊がイヤイヤをするように、ダン！　ダン！　と。壁がいくつあっても堪らない。

曲のせいではないなと気づき、冷蔵庫から、買い置きしてあった肩ロースを取り出して大皿に入れ、鰐の目の前に差し出すと、いきなりガブリと食いつく。腹が減っていたのか。

五キロも食ったんだから、もう寝ろ！

ふたたびシャンカールの「エターナル・ライト」を掛け、リピートボタンを押してから布団にもぐる。

湿地に潜む鰐。体長十メートルはあるかと思われるワシに攻撃されそうになり、慌てて体を捻《ひね》り夢から目が覚める。変な汗がじっとり背中に張り付いている。リピートボタンを押したはずだったのに曲は止んでいる。

48　バガもの

「おめ、鰐飼ってるって、ほんとだが?」

「ああ」

「ああじゃねべ。どういうつもりなだ?」

「どういうつもりもこういうつもりも、ね。誰がら聞いだ?」

「インターネットで見られるって言ったど」

「弟だな」

「誰だってええべ。それより、どういうつもりなだ?」

「どうもこうもね。ただのペットだ」

「バガもの!　鰐がペットなんて聞いだごとね。おめ、けーさづさ捕まってもええのが」

「逃げでいったよ」

「……誰が?」

「けーさづが」

「けーさづに見つけられだのが?」

「見つけられだもなも、散歩に連れ出せば、誰だって目にするよ」

「鰐を散歩さへでるのが?」

「んだ」

「んだでねべ。バガもの! 鰐を散歩させるやづがどごの世界におる? バ、バガもの!」

「バガものバガものって、都会だば、鰐をペットにするぐらい普通だ。ベゴや馬を飼うのど同じ。ラクダやダチョウやコモドドラゴンだって飼う人がいるもの」

「バガもの! 屁理屈言うな! 鰐が農作業するどでもいうつもりだが? だいたいそんなものどごで買った? いぐらした? 鰐飼うより、ええ人でも見つけで、とっとど結婚でもしたらえがべ! 親にいづまで心配かげればえなだ!」

電話口で怒鳴る父に辟易《へきえき》しながら、パソコン画面のお気に入りサイトを次々とクリックし更新を確かめる。少し気取った若い詩人のサイトは更新されていない。テレビでよく見る料理番組のサイトは、テレビよりも面白い。父は馬鹿ではないから、時間をかけて説明すれば、なぜ鰐を飼っているのか、分かってもらえそうな気もする。

「ふとの話、聞いでるがっ！」

父の声が耳にガツンと響く。受話器をガシャンと置きプラグを抜いた。歯を磨いて布団にもぐり腹這いになってテレビを点けた。消音している画面を次々と換えてみる。月に初めて降りた飛行士。鼻の奥は火薬の匂いが充満し賑わっている。切実な鰐がそこにいる。

49 眠り

鰐はいい。ときどきする地球がひっくり返るような瞬《まばた》きと、地平線を破り沈んでゆくような呼吸は、原初の記憶へと引き戻してくれる。

鰐は、太古の昔に海から上がってきたのだ。シダ類が繁茂し、始祖鳥が飛び交い、ティラノザウルスが徘徊していた。

泣きながら卵を生んだ。色着きビー玉のような目の赤ん坊が出てきて、笑った。湯葉によく似た卵の皮は、美味しそうに見えても、そんなものは食ったって一向に美味くない。

悲しみと驚きの洗礼を受け、鰐は、ワッシワッシと歩いたのだ。付着してくる諸々を振り払うのに、岩のような皮膚は都合がよい。元気よく、ただワッシワッシワッシと。

誰にも見られない。でも、見ているものの心が気になって歩きつづけた。腹が減ってきた。そばに動くものがいる。食らえ！　の鋭い衝撃が走る。木よりも石の心に同化する得意の技で獲物に迫る。バクッ!!

モゴモゴと瑞々《みずみず》しい生命力に溢れたそいつも、鰐の顎には敵わない。飲み込むとき、ゴミが入ったわけでもないのに、目玉が半回転し痒《かゆ》くなった。

ワッシワッシワッシワッシワッシワッシワッシ……。

ようやくどっぷり溜まった水を探しあて、勇んで潜り、眼をパチクリさせた。何度も瞬きするうちに痒みもうすれ、睡魔に襲われる。

はるか太古の夢に浸っているうちに何万年かが経過したことを鰐は知らない。

目を開ける。

始祖鳥とティラノザウルスは東京都の博物館に展示されている。

そのことを、鰐は未だに知らない。

50　大欠伸

何をしても、何をしなくても、さっぱり心楽しまぬ日があった。鰐も邪魔なくらい。あれは小学校の六年生ぐらいだったろうか。旧来の田んぼを調整し、整然と区画整理すべく何十台ものブルドーザーが連日入り、青い田んぼを底から掘り返しては黒々の土に反転させた。とぐろを巻いた艶《なまめ》かしい土は巨大なバイ貝を連想させた。そのキモを舐《な》めたくて絵を描いた。担任の先生に見せに行ったら、気持ち悪い、これは一体何を描いたのだと質《ただ》され、心を描きましたとだけ言って絵を返してもらった。

廊下を歩きながら、ふと思い立ち振り向くと、先生は怪訝《けげん》そうな顔をしてわたしを見ていた。それから職員室の戸を開け、先生は中に入った。

『グレン・グールド　27歳の記憶』を初めて観たとき、画面に釘付けになった。インタビューに答えて、グールドが見た恐ろしい夢について語るシーン。朝、目が覚めたら一切の緑がなく、枯れた大地がどこまでもどこまでも広がっていて、あんな恐ろしいことは夢にも現実にも見たことがない。恐ろしくなって、目が覚めた……。

わたしがかつて見た光景がグールドの夢と重なったというわけではない。ただ、グールドが感じた恐ろしさがこちらに伝わり、枯れた土の果てにわたしも立っているのだと観念された。

ソクーロフの映画に『罪と罰』をモチーフにしたものがある。人も景色も一枚の絵画に溶けていくような画面は、静かな吸引力をもって眠りへ誘う。と、蠅のような鳥が一羽、音もなく画面の端から飛んできて、他方へ去り、映像が静止画でなかったことを初めて思い知らされるのだ。

知らぬ間に、ラスコーリニコフの濁《にご》りに同化させられ恐ろしくなる。罪にまみれて逃げ切れない。

そんなときは落語のＣＤを聴くにかぎる。変になりそうなときは落語が一番だ。それからマスクをし外へ出る。誰かれかまわず「こんにちは」……。

現実の鳥がラスコーリニコフにも『罪と罰』にも関係なく電線を揺らし呆けて鳴いている。亡くなった祖父が言っていたことは本当だろうか。今となってはどっちだって同じこと。今日の感じ方に何の影響があろう。

鰐が一万年の夢から覚めたような大欠伸。目に涙まで浮かべ……。

51　房総顔

日常のどこに錨《いかり》を降ろすかで、その後の航海は決まってくるのだろう。鼻がちゃんとあり、股に性器がぶら下がっていても、真っ当だと誰が言えよう。外からは見えなくても、内臓の一つぐらい欠けているかもしれないのだ。

玖美の代わりに、わたしの部屋には鰐が来た。人は誰でも心のなかにヘビを飼っていると楳図さん。ヘビの代わりに鰐を飼う人間だっている。

鰐がいてわたしがいる。逆ではない。病院の中でキチガイにならぬためにはどうしても必要なことなのだ。鰐はわたしにとって錨。虚無の世界を航海するのに欠かせない。

行きつけの洗濯屋に洗い物を持って出かけた。玖美とここで初めて会ったことも鮮明には思い出せなくなっている。

最近よくいる六十がらみのおばちゃんは、眼窩が窪み、歯が立派で、顔の骨格がしっかりしている。房総顔と呼ぶのだと教えてくれる者がいた。彼の叔母さんがそうだったのだと。千葉県旭市出身。

ボウソーガオを音で聞いたとき、暴走顔の字が浮かび、ハチャメチャな顔が浮かんで可笑しかった。洗濯屋のおばちゃんの顔は房総顔にして暴走顔、極まっている。

おばちゃんの顔を見ていると、理由もなく、ひどく馬鹿にされたような気分になる。

「どうしました?」

「は?」

「わたしの顔に何か付いていますか?」

「いいえ、何も……」

おばちゃん、「ふん」と小さく言ったかもしれない。マスクの位置を直すようなふりをし、レシートを受け取る。「今日の五時に出来ています」の声を背中で聞きながら外へ出る。カンカン照りの日差しを浴び、いろんなものが残り少なく思えてくる。

52　ドアフォン

「鰐を飼っているのは、この度のことと何か関連があるのですか？」

ドアフォン越しに男は言った。

「そんなものはありません」

「では、どういうことなのでしょう？　どうしてそんな危険な動物を飼っているのですか？」

男の声は特徴のある耳障りな高音だった。

「必ずしも危険なわけではありません」

「周りから苦情が出ているのをご存知ですか？」

「そうですか」

「七名の方が《鰐を家で飼うことに反対》署名に協力してくださっているのです」

「誰ですか？」

「それは言えません」

「権藤さんは入っていますか?」

「権藤さんは関係ありません」

「入っていないんですね」

「言えません。それよりも、近所に、このように確かに迷惑している、鰐を飼うことに反対している人がいるというのに、それでもあなたは飼い続けるつもりですか?」

「はい」

「はい、って、あなた。どういうつもりなんですか。われわれは断固反対しますよ。区民会館の一室を借りて反対集会を開く用意もあるのです。それでもいいんですか?」

「…………」

「なんとか言ったらどうなんです?」

「…………」

「どうしたんです、いったい」

「あなた、佐伯さんでしょ? やっぱり佐伯さんだ。……声に聞き覚えがあるもの。横浜駅西口の交番に、髪の長いすごい剣幕の娘に引きずられ、来たことがあったでしょあなた。そうだそうだ、思い出した。『このおんな、このおんなを、な、な、なんとかしてくださいよう！』って、金切り声をあげて喚《わめ》き散らしていた。あのとき、着ていたスーツの内ポケットから落ちた名刺入れを、わたしが拾って、立ち会いの警官に渡した。一枚こぼれ落ちそうになっていたのを名刺入れの中へ押し込んだ。そのとき、名前がばっちり見えた。知り合いに佐伯というのがいるから忘れない。その連想で記憶されたんだろうな。確かに佐伯さんだ。あの娘『こいつ、こいつ、とんでもねえ野郎だ。おまわりさん。こいつ、ただでヤろうとしたんだぜ。ドスケベ野郎!!　あたしを誰だと思ってんのさ！』って、上唇が紫色にめくれ上がるほどの勢い。そうだそうだ。

くらっ！　おまえ、佐伯だろ。佐伯！　くらっ！　なんとか言ったらどうなんでえ。若い娘を騙《だま》くらかして、ただでヤろうたあ、いい根性してんじゃねえか。でもって、俺様に鰐を飼うなだと。どの面《つら》下げてここにおいでなすった。くらっ!!」

口からでまかせのデタラメを途中で止め、ドアフォンを睨み、しばらく様子をうかがった。

「…………」

本当にあいつ佐伯だったのか。

スリッパの音を殺し廊下を歩いていく。裸足のままコンクリートのたたきに下りドアを開ける。毛の長い白い猫が驚いてこっちを見ている。エントランスのガラス扉が微かに人の気配を感じさせ風に揺れている。

53　浮気

終りのない始まりをぐるぐると生きるしかないのだ、これは、きっと大事な実感に違いないと思った矢先、チャイムが鳴り、ドアフォンに出てみると、昌美さんだった。昌美さんに洗髪してもらう日であることを、すっかり忘れていた。

「どうぞ。忘れていました。すみません。そこ、気をつけてください。散らかっていますけど、どうぞ」眠ってでもいるのか、鰐は昌美さんが横を通っても微動だにしない。

「……」

「どうかしました？　突っ立って。コーヒーを淹れましょう。そこに座っててください。それから、お願いします」

「権藤が浮気しました……」

「は?」

「そうなんです」

「浮気…ですか?」

「浮気」

「浮気?」

「浮気」

「浮気?」

「浮気」

「浮気ねえ」

「浮気ですよ」

「浮気?」

「そう。浮気。何遍言わせるつもり?」

「浮気、浮気、浮ついた気持ちってことなんでしょうね。いいなあ。浮気、浮気、小説みたいじゃないですか。わたしは読んでないけれど、流行語になった失楽園とかそんな感じ」

「真面目に言っているんです」昌美さんは少し怒ったような表情をした。

「はい、わかっています。おちゃらかそうとかそういうんじゃなくて、浮気という言葉が久しぶりだったものですから」

「やっぱり馬鹿にしてる」今度は、少し拗《す》ねているようにも見える。

「やっぱり馬鹿にしてる、か。いいですね」

「なにが？　相談しようと思って来たのに…。冗談ばっかり言ってぇ」

「言ってぇ」

「どうして真似するの？」拗ねる程度が次第に嵩じていくようだ。

「どうして真似するの？」

「もう帰ります。今日は洗髪は無しですね」

「ちょっと待ってください。そうじゃないんですって。昌美さんが面白いから。面白いなんていうとまた叱られるかもしれないけど、浮気って言葉がちょっと。そぐわないというか、宙に浮くっていうか…」

「真剣じゃないっていうの？」

「そうじゃないけど」

「浮気って言葉のリアリティーが、今どきあるのかと思って。鰐の屁ほども無い」

「どういう意味よ？」昌美さんの言葉はぞんざいになっている。その分、少し真剣味を帯びて感じられる。感じ。感じ。どこまでいっても。ややこしく疑っているなとわたしは自分のことを考える。

「だって、昌美さんだって、ある意味浮気じゃないですか」

「これは浮気じゃありません」

「そう。わたしも浮気とは思っていません。でも、見方によってはということ。いいじゃないですか、権藤さんが外で少しぐらい他の女性と付き合ったって。それだって鰐の屁みたいなもの。終りのない始まりということを考えていたものだから、つい。言葉とそれ以前の関係まで怪しい気がしてきました。それより、コーヒー」

昌美さんは静かにコーヒーを啜《すす》る。わたしは嘘に気がついていたけれど、知らぬふりをした。鰐は依然、身じろぎもしない。そのことと失くした鼻の奥が痒《かゆ》くなったことだけは朝起きてからこっち、確実も確実、まぎれもない真実のように思えてくる。

54　バニラアイスは気が滅入る

石川町駅で電車を降り、玖美の母親がやっているジャズ喫茶に行ってみることにした。

昌美さんは親切だし優しいしいい女かもしれず、面白いときもあるけれど、玖美とは別だ。前を歩く娘の、股上の短いジーンズから眩しい背中が見えるだけで、玖美？そんなことはないと思いながらもひょいと顔を覗いてみることも。そんなことはともかく、酷暑の季節、石川町駅頭における天津甘栗の匂いは、けだるい。ゴマの匂いまで混じって。

「テンシンハマクリ、ホイシイデスヨー」

もらった一粒の栗に親指の爪を刺す。「ホニイサン、イカガテスカ」の声を聞きながら、剝《む》きたての栗をマスクの中へ放りこむ。なつかしい味が口中に広がる。ホニイサンてなんだよホニイサンて。

客観的にならなければ。客観的？　暑さの原因？　だから、なんだ。馬鹿馬鹿しくなってくる。

タワーレコードの手前、ハワイかグアムから持ってきたようなパラソルで日陰を作っている靴磨きの男がいる。溶けて曇った水飴のような眼でわたしを見ている。男の顔に見覚えがあった。職業によって、初めてなのに以前どこかで会ったような気がするのはなぜだろう。

バラナシ、ニューヨーク、ロサンゼルス、上海、杭州、バグダッド。まだ行ったことのないパリ、ロンドン。馴染みの東京、有楽町や四谷でも。国際靴磨キ連合会から派遣されたのだろうか。靴を磨く男たちは誰もどこの出身か分からないような顔つきをしている。色は黒く、話す言葉は、はい右、はい反対、はい五百円、ありがとう。四つぐらいなら何語だってマスターできる。暑さはますます酷くなる。

「ふん」

そう聞こえたのは空耳だったのか。靴磨きの男は、近くのコンビニのゴミ箱からでも拾ってきたのかエロ雑誌を、まるで聖書かコーランでも読むように眺めている。妙な考えが浮かぶ。責任転嫁だ。暑さのせいとばかりは言えない。

みなとみらい線が開通し、元町・中華街駅が出来たおかげで、休日の人ごみは半端ではなくなった。小さな町の通りは人人人でごった返している。アイスクリーム屋もコーヒー屋も靴屋もメガネ屋も帽子屋もTシャツ屋も玩具屋も、濁流の淵に佇む葦屋と見紛うばかり。

濁流から抜け出してアイスクリーム屋に入ってラムレーズンを一つ頼んだ。

アイスクリームはラムレーズンと昔から決めている。こんなに暑くては、バニラアイスはとても食えない。暑さで溶けたバニラの滴《しずく》がシャツに落ちたらどうする。それでなくてもとっくに気が滅入っているというのに、本当に全くどうしようもなくなる。

アイスクリームを食べ終え、周りの香ばしいコーンをカリカリと平らげた。さっきまで濁流と見えていた雑踏が幾分透明度を増したかのようだ。

「コルトレーン」の看板は剝き身でとてもこの暑さに太刀打ちできそうもない。

重いドアを開け後ろ手に静かにドアを閉める。暗さに目が慣れず玄関口でしばらく佇んでいると奥でバサリと新聞をたたむ音がする。慣れてきた目を凝らすと、そこに国際靴磨キ連合会から派遣されたらしいさっきの男がいて、こっちを見て笑った。

55　国際靴磨キ連合会

木のテーブルを挟み、国際靴磨キ連合会から派遣されたらしい男の向かいに座る。男の前にはコーヒーと水の入ったグラスが置かれ、ナプキンに包まれたフォークとナイフが籠に入っていた。

「ホマエヲシッテイル」

男の口は耐えられないくらいに臭い。

わたしは振り向き、カウンターの中の白いTシャツの男にコーヒーを頼んだ。玖美の母はどうしたのだろう。まだマスクを外していなかったから、わたしの言うことが聞き取れなかったのか、白いTシャツの男がカウンターに身を乗り出している。むしゃくしゃし、マスクを外して「コーヒー」と叫んだ。鼻の欠けたわたしの顔を見、Tシャツの男は目を見開き、それでも気を遣ってか、驚いていないふりをする。

テーブルに向き直ると、男は「ワタシハホドロキマセン」と言った。驚きません、ということか。Tシャツの男の下手な芝居を見ていたのだろう。

「バラナシデハナヲナクシタコトヲシッテイル」

知っているといったのは、そのことだったのか。

「ガンガーフジヘイクミチハコレデタダシイノカトホマエワタシニキイタ　ワタシクビヲフッタノニ　ホマエワルイヤツニツイテイッタ」

バラナシで事件に巻き込まれたことは確かだ。だが、あのとき道を訊いたのは目の前に座っているこの男ではない。

「お待ちどおさまでした」コーヒーを木のテーブルに置き、Tシャツの男はすぐに振り向きカウンターの方へ戻った。カウンターには、いつ入ってきたのか、帽子を被った男が一人うつむいて何かを読んでいる。わたしは、降りかかる口臭を避けながら黙ってコーヒーを啜る。思考は停止したままだ。

「ホマエガイマナニヲカンガエテイルカワカッテイル」と男は言った。

「クミハシンデイナイ　ウラレタ」

売られた、売られた？　なんでお前が知っている？　いい加減なことを言うな。

気づいたときには、わたしは目の前にあるフォークを取り上げ、フックで思いきり男の頬に突き刺していた。頬骨のガツンという衝撃が手に走る。どす黒い血がだらだらとこぼれ、男はウガガガギガみたいなことで、口臭は極点にまで達する。ギャーッという声目掛けてコーヒー茶碗を投げつけ、急いでマスクをつかみ、わたしはそのまま駆け出した。振り向きざまのカウンターの客にドンとぶつかり帽子が吹っ飛んだ。

走りに走り元町商店街を流れる人の波にまぎれ込んだ。もうここまでは追って来ないだろう。歩きながら息をととのえ、さっきのアイスクリーム屋に飛び込み、もう一度ラム・レーズンを頼む。強く握りすぎたせいかコーンがグシャッとなり、ひとくち嘗めただけのアイスクリームはそっくり床に落ちベシャッとなった。セルフサービスの水を飲み外へ出た。商店街が終り、交差点で信号を待つ。バスが目の前に停まり、信号が青に変る。バスの一番前の席では三歳ぐらいの男の子がシートの上に立ちあがり、母親にたしなめられている。そのすぐ後ろでは男の子の姉でもあろうか、おとなしく座って窓の外を見ている。となりの悦っちゃんに似ている気もしたが、そんなことはあり得ない。悦っちゃんだとしたら、母親は昌美さんということになる。ファファ〜ンというクラクションの音にハッとする。急いで交差点を渡る。タワーレコードのところに座っている男が溶けた水飴のような眼でわたしを見る。フォークが頬に刺さったままだ。怖くなってまた走る。一度も振り向かず石川町駅まで辿り着き、自動改札機にスイカをパンとあて階段へ急いだ。ホームで電車を待つこと二分、色の褪せた京浜東北線が入ってくる。ドアが開いて車輛の中へ。客が一斉にわたしを見る。欠けた鼻先が痒い。痒い。マスクの中に手を入れむさぼり掻いたら血がふき出た。とても情けなくなる。玫美がこの場にいたら、きっとこう言うだろう。「そういうところが嫌い」。

56　おでんが無性に食いたかった

わたしは一日中男のことを考えた。国際靴磨キ連合会から派遣された男のことをだ。そういう団体が実際にあるのかどうかは分からないが、男のほうから玫美のことを持ち出したのだから、いかがわしい組織に属していることは明らかだ。

記憶は変化する、それも自分に都合のいいように。玫美のことを知っていると言ったのは嘘に決まっていると、あの時は思ったが、本当かもしれなかった。記憶は、写真のようなわけにはいかない。先週の火曜日だったか水曜日だったか、それすら忘れてしまっている。

朝の七時にチャイムが鳴る。出てみると、男がドアのところに立っていた。七時を少し過ぎていたかもしれない。右頬にフォークが刺さった痕が生々しく残っている。何しに来たのかは分からない。今となっては永久に分からずじまいになってしまった。嫌な予感がしたことだけは憶えている。

玄関先の立ち話もなんだから、部屋に招じ入れた。スリッパは、捨てようと思っていた古い汚れたものをすすめた。きれいなのを汚されたくなかったから。男の足は土と埃と汗で真っ黒だった。特に指と指の間からだろうクサヤの干物に似た異臭が立ち上っていた。靴箱の奥に仕舞ってある金槌《かなづち》を男にバレないように後ろ手に隠し、男を部屋に押し込んだ後、台所の俎板の上に置く。男を居間のテーブルにつかせ、コーヒーを淹れた。男は、ホイシイホイシイと繰り返しながら、慈しむようにコーヒーを啜った。コンナホイシイコーヒーハ　ハジメテデス。何を考えているのだろう。コレハナンデスカ　ハー　タカインデショーネー　ワタシナンカ　フルイラジカセヲイマダニツカッテイマスヨ　ナニカホンガクキカセテクダサイ　イエ　ナンデモイイデスヨジャズデモロックデモナンデモ　クミサントデアッタコロノ　ソウダ　キップ・ハンラハンデモ　ホドロイタカオヲシテイマスネ　ホームページデヨンダンデスヨ　クミ

サンノイバショ　シリタクナイデスカ……。

話はそこまでだった。

男は、映画のスローモーションのようではなく、ぶるぶると体を震わせテーブルに突っ伏した。白いテーブルの上に、こぼれたコーヒーと血が混じり、泥水のようになって床にしたたり落ちた。

金槌をていねいに洗い、布で拭いてから、元の場所に仕舞った。男の肉を切り刻んで鰐に食わせ、それから、おなかが空いたのでコンビニに向かった。おでんが無性に食いたかった。坂の途中、女性に声をかけられた。となりの昌美さんだ。すれ違いざま声をかけられるまで、昌美さんだと気づかなかった。昌美さんがキャッ！　と叫んだ。動揺していたためかマスクを着け忘れてきたのだが、そんなことではないらしい。昌美さんは鼻の欠けたわたしの顔をよく知っている。わたしがとても醜い怖い顔をしていたのだろう。

背中で「どうしたの？　だいじょうぶ？」と泣くような声がしたけれど、振り向くわけにもいかず、坂道を下りながら考えた。驚いたときにキャッ！　というのはどうしてだろう。誰かに教えてもらったのか。

57　食用ミミズ

記憶の底を探ると不思議な気がする。実際に起きたはずのことが次第にぼやけ、夢だとばかり思ってきたことが実際に起きたことのように思えてくる。過ぎてしまえばすべては夢で懐かしむことも嘘をつくこともできない。ほんのちょっとした掛け違いが今日の時間と自分を産む。言葉じゃないと玖美は言ったが。

ランドマークタワーに飛行船が差しかかると書けば、それは、ランドマークタワーに飛行船が差しかかったのだし、頭が痛いと書けば、それはやはり頭が痛いのだ。今、ランドマークタワーに飛行船が差しかかったと書いたけれど、そのことを本当に信じているのだろうか。信じるも信じないもなく、事実は事実ではなかったのか。道を歩いているときに変な匂いがして足裏にミミズの存在を感じるときがある。地球表面はミミズで充ちており、そんなふうに感じて頭が痛くなる。後は、なにも考えられない。考えるに値することなどそもそも無かったのではないか。そうなると、口にする全てのものに食用ミミズが含まれているような気になり、足が痒くなる。その回路は？

一辺五十センチのアスファルトを引き剝がせばそこに二万六千四のミミズがいて、それは嘘とも思えない。しかし、剝がす場所によっては嘘の風船人形がビョンと立ち上がってこないとも限らない。

ピンポーン。

鰐を避けながら、わたしは廊下を歩いて玄関に向かう。サ行変格活用が不意に浮かんだことは幸先がいいようにも思えたけれど、弱さが露呈しただけの気がしてすぐに塞いだ。マスク。

あ

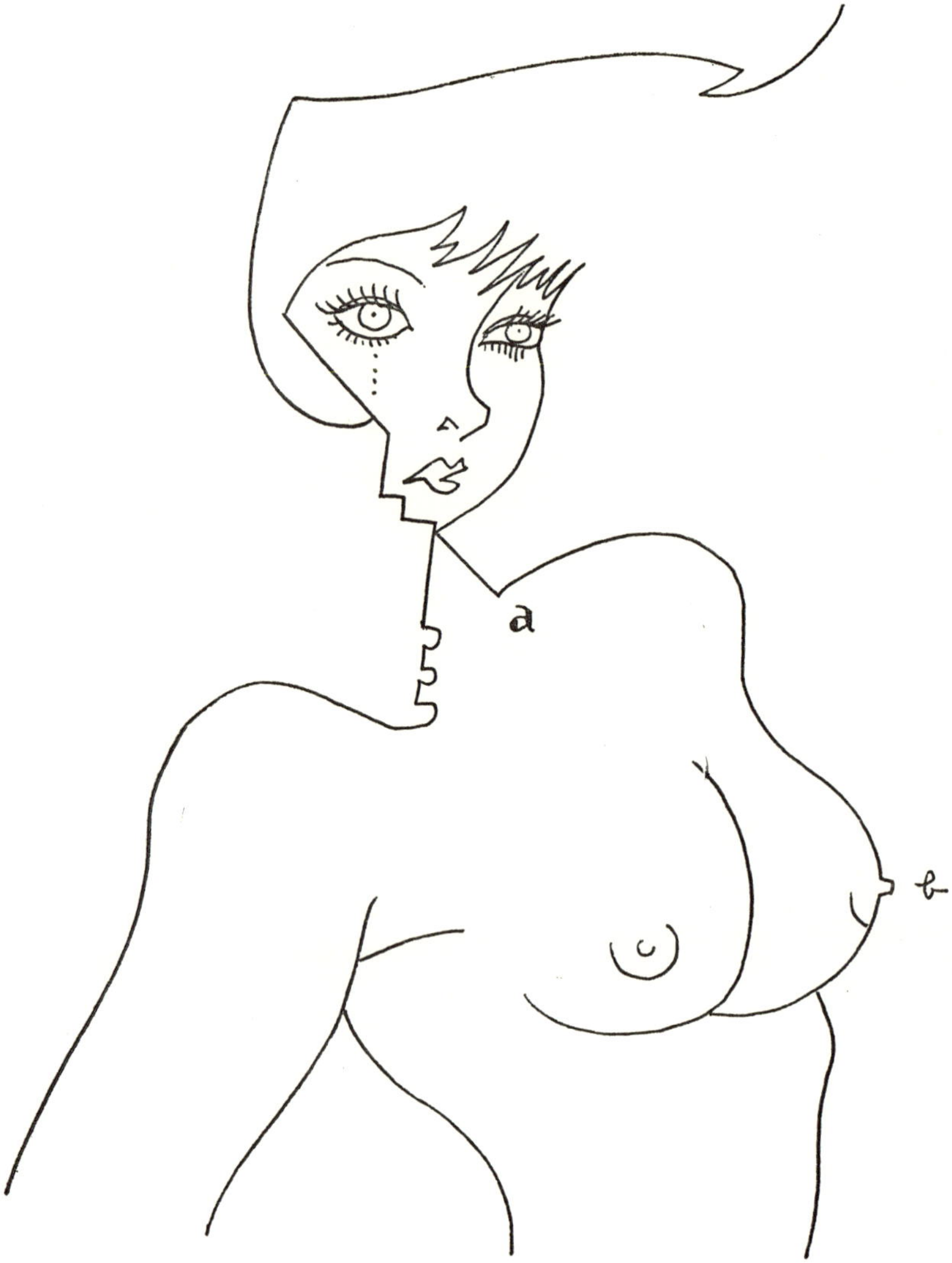
a
b

解説

中条省平

だが、甲板に据ゑられると、
この蒼空の王様もぎごちなく羞《はに》かんで
白い大きな双翼を櫂のやうに両脇に
あはれ、だらりと引摺るのみ。

翼あるこの旅人の、さてもぶざまな意気地なさ！
あの美しさはどこへやら、なんと笑止な見苦しさ！
パイプで嘴《くち》をつつかれるやら、
跛《びっこ》ひきひき、空飛べぬ不具者《かたは》の真似をされるやら！
　ボードレール「信天翁《あはうどり》」村上菊一郎訳

『マハーヴァギナまたは巫山の夢』の主人公の名は三平。最初は「さんぺい」かと思いましたが、物語をたどるうちに「みひら」と分かってきます。横浜在住で、仕事場も横浜、髪が少ないとされているので、作者の分身かとも考えられますが、まあ偶然の一致でしょう。本書は、この男・三平の日常生活を綴る体裁で始まります。

三平がどんな仕事をしているか、作中ではまったく触れられません。作者はどうでもいいと思っているかのごとくです。その手の社会的関心はこの小説から一切捨象されています。その意味で、この小説は一見、日常の瑣事を執拗に書きとめているように見えて、きわめて抽象性の高い反＝リアリズムの小説なのです。作者は内心、リラダンの創りだしたアクセルのように、「生活？ そんなものは家来に任せておけ」とでも思っているのかもしれません。ただ、物語の一応の前提として、三平は会社に通っていることが示されます。

三平は日常に鬱屈を抱えています。もちろん、われわれはみな多かれ少なかれ内心に鬱屈を抱えて生きているのですが、三平の鬱屈はちょっと度をこしています。針を刺せば痛いし痒いところは痒いので生きていることは間違いないが、リアリティー、アイデンティティー、生々しさが皆目感じられないと告白します。いや、それどころか自分の半生は黄泉の国を旅してきたようなもので、どんなに目をこらしても自分の人生の収束先は見えず、精神が疲れ果てるだけなので、黙って笑みを浮かべているというところにまで来ているのです。

ボードレールの描く阿呆鳥さながら、船の甲板に上がって不具者のように大きな翼を引きずり、大空での飛翔という理想を夢見ながら、地べたをくまなく覆いつくす憂鬱にくるまって呆けた顔をしているわけです。

しかし、その日常に闖入者が現れます。玖美という風変わりな女です。三平はこの女といきなりクリーニング屋とCDショップで偶然の出会いを重ね、深い仲になります。ありがちな「はじめは遊び」といった類いの関係のはずでしたが、虚言癖のあるらしい玖美はしだいに三平の日常に入りこみはじめ、彼の生活をいささか滑稽に、しかしずるずると不穏に揺るがしはじめます。

ここで効いてくるのが、エピグラフに掲げられた新約聖書マタイ伝福音書の有名な悪霊の件です。この挿話はドストエフスキーの『悪霊』の題名の基となったもので(ドストエフスキーのエピグラフは「ルカ伝福音書」から取られており、「マルコ伝」では悪霊は「わが名はレギオン」と名乗りますが)、三平は、悪霊に憑かれて崖から真っ逆さまに海に転落して死んだ豚のごとく転落の道に踏みだすのではないかと誰もが予想します。しかし、事態は意外な方向へと迷走を始めるのです。

玖美はどうも金魚の化身らしいのです(作者は室生犀星の『蜜のあわれ』へのリスペクトをここに忍びこませているのかもしれません)。少女時代から水泳の名人だった玖美は、いまは動物園の大きな水槽のなかに入って泳いで暮らしています(虚言癖があるとされる彼女のいうことを信じるならば)。そして、この水槽のなかでは死者の運転する無数のタクシーが走りまわり、水槽の水はバリ島の海にまでつながっているので、玖美はときどきバリ島にも顔を出したりするのです。

むろん、われわれ読者と同じく、三平も玖美の話には半信半疑なのですが、そこは小説という虚構世界のこと、話を操る作者の腕が確かならば、読者も三平も夢うつつ、虚実皮膜のあわいに引きこまれるほかないのです。

魚でもある玖美はいつも人間の世界に生きているとはかぎらず、原因不明の頻繁な失踪をくり返すのですが、三平の日常はもはや玖美の影響力の磁場から逃れることができず、彼は飼っている金魚を肛門に入れたまま別の友人とセックスしようとして肛門が裂け、痔のための座薬を肛門に収めるためヨガの猫のポーズで尻を上に向けたままにしておくといったささやかな日常生活の冒険を営むかと思えば、山道を登って洞穴に入り、洞穴を抜けて大空を飛翔するという夢の記憶(おそらく)のなかでの純正アドベンチャーにも挑みます。

つまりは、夢であってもうつつであっても同じというか、嘘でもまことでも変わらないというか、玖美の話が事実なのか虚偽なのか判然としないのと同様、三平の現実は幻想といつでも交換可能な領域に入っていきます。かくして本作は反＝リアリズムの極み、過激な幻想小説の趣きを呈するのですが、その危うい綱わたりを支えているのは、やけくそ気味の暴走に暴走を重ねながらけっして言葉の流れを弛緩させない文体の確かなリズム感です。

＊

〔ジャズはヨーロッパ音楽と異なる新しい緊張《テンション》を生む。〕どこが新しいかというと、ヨーロッパ音楽のように大弧をつくりあげてゆく緊張とはちがって、波のように、絶えず盛りあがってはくずれ去る緊張をつくりだすところに重点があることだ。

J・E・ベーレント『ジャズ　ラグタイムからロックまで』油井正一訳

本作にはしばしばジャズの演奏やプレイヤーの名前が引用されますが、これは単なる作者の趣味ではありません（趣味でもあるのでしょうが）。ベーレントが鮮やかに分析してみせたように、出発点から終着点まで一定の秩序に従って進行するクラシック音楽の方式と違って、ジャズはその瞬間瞬間の充実、燃焼を尊重し、秩序からの飛躍を恐れません。西欧古典音楽の時間が連続的、均質的、直線的であるのに対して、ジャズの時間は飛躍的、反復的、循環的なのです。そして、それは、天地創造という始まりがあって最後の審判という終わりがあるキリスト教のような時間概念ではなく、万物流転、輪廻転生を否定しない古代的、東洋的時間概念に親しく結びつくといえるでしょう。ジャズをこよなく愛する本作の作者が考える時間も、飛躍的で、反復的で、循環的で、その文体もまた、均質かつ直線的に進行する近代的な文章体ではなく、リズムと飛躍にみちた前近代的な語りものの流れをつよく感じさせます。

本作に流れる時間の反復的、循環的特質がもっとも鮮明に表れているのは、第22章「眩暈」と第23章「それほど傷ついていない」で、この二章で三平は玖美と一緒に唐突にどこかの島へ出かけてゆき、玖美とはぐれて知らない男と鰐捕りをするはめになります。全体の無責任な雰囲気が内田百閒の『東京日記』のような夢小説を連想させるのも興味深いところですが、いちばん面白いのは、22章で起こった出来事がすべて23章で反復されることです。しかも、同じ時間の順序で反復されるのではなく、時間を巻きもどすように、先ほど起こった出来事がすべて逆さまの順序で、映画のフィルムを巻きもどすように逆転してしまうのです。ここでは、時間の不可逆性という物理的原理そのものが無化されているのです。

また、時間は反復されたり、逆転されたりするだけでなく、無造作に飛躍して、いきなり別の時間に接続されたりもします。

それを象徴するのが三平という主人公の名前です。「みひら」は滑舌の悪い玖美の口から発されると「みーら」、すなわちミイラとなって数千年の時をこえ、過去と現在、彼岸と此岸を、融通無碍に（というより、自分の意志をこえた何ものかに自在に操られるようにして）往還するようになるのです。

小説の時間構造の特異さは、登場人物の精神構造にも影響を及ぼさずにおきません。主人公の三平は物忘れの激しさでは人後に落ちぬという健忘症で、記憶に頻繁な欠損、すなわち、過去という時間が虫食いだらけになっています。いっぽう、これとは対照をなすように、玖美は少女時代に地震を予言したという特殊能力の持ち主で、三〇分か一時間後の未来を予知することができます。これは三平の記憶の欠損に比してポジティブな能力のように思えますが、本来、未知であることによって豊かになるはずの未来をなしくずし的に弄ぶネガティブな特質とも見なすことができます。つまり、この作品の主人公ふたりは畸形化された時間のなかで生きることを余儀なくされている点で、人間的時間の異邦人ともいうべき存在なのです。

それゆえ、過去や未来に拘泥《こうでい》せず、現在という「いまここ」を大事にして、時間の「ただなか」にあるこの瞬間を生きぬくことこそが人生の要諦だと説く玫美の高校の女教師・辔田先生の真っ当至極な時間論は、時間の異邦人たる玫美からあからさまな冷笑をもって迎えられるのです。

三平と玫美にとって、時間が過去~現在~未来という直線的、連続的、不可逆的な秩序を逸脱するアモルフなものであるとすれば、空間もまた確固たる物理的法則に支配されるものではないようです。先ほど、三平が山道を登って洞穴に入り、洞穴を抜けて大空を飛翔する冒険に飛びこむのは、おそらく夢の記憶の記述なのだろうといいましたが、この冒険の続きとして書かれる三平と玫美のインド旅行はどうも現実らしいのです。つまり、本作のなかでは、三平の記憶に保存された夢の洞穴と、現実のインドが地続きになっているわけです。こうなってくると、夢と現実、時間と空間が綯いあわされた四次元の迷路というほかありません。

ともあれ、インドで三平と玫美は暴漢の一団に襲われ、玫美は攫われて行方不明、三平は鼻をそがれ、睾丸を抜かれてしまいます。さて、本作はどこへ行くのでしょうか?

＊

ところが、不幸どころか、わたしはますます曇りない意識をもって、優しく微笑むアリゲーターたちの淫らな愛に自分の仲間を見いだしているだろう。

ジャン・ジュネ『泥棒日記』朝吹三吉訳

インドから命からがら帰国した三平は鼻なしの異形になってしまいます。出勤や外出にはマスクが欠かせなくなりますが、それでもしだいに日常の秩序に復帰していきます。とはいえ、時間と空間、夢と現実を自在に往還する冒険はもはや不可能になり、日常生活のアドベンチャーも、そがれた鼻の穴に水が入らないようにするため、バスタブに背を向けて立ち、抜群の背筋力で体を反らせて頭を風呂に漬けてブリッジ状態で髪をシャンプーするという程度のものにとどまります。一応、昌美さんというセックスフレンドもでき、彼女の息子の小学三年生に算数を数えたり、一緒にレイモンド・カーヴァーの小説を読んだりするようになります。玖美がいたときよりもどこか真っ当な人間らしい生活に近づいたような感じもします。

しかし、そうではありませんでした。三平はだんだんと出不精になり、本心では用事がなければいっさい外出をしたくなくなります。鼻と睾丸がなくなっただけでなく、どこかとり返しのつかぬ損傷を蒙っていたのです。

その損傷を回復したのは、鰐との出会いでした。三平は横浜の弘明寺の竹林のそばで体長三メートルの鰐を発見し、ペットとして飼いはじめるのです。

三平は秋田県の出身で、『日本書紀』では秋田は「齶田」と表記され、齶は「あぎと」「あご」のことであり、顎や鰐と同じ系列の文字になります。三平は鰐とのこの出会い、日本形成期からの鰐との縁の発見をことのほか喜びます。そして、ジュネが地べたを這いつくばる羊歯《ジュネ》や爬虫類に退行する夢想を紡いだように、三平は鰐とともに何万年もの太古の時代、地球の原初の記憶に還ろうとするのです。

つまり、本作の動物象徴学は、陸から水に落ちて死ぬ豚に始まり、水のなかを泳ぎまわる金魚を経由して、水と陸のあわいを這う鰐へと帰着したわけです。鰐は屈辱のなかに這いつくばり、かろうじて身を引きずるように生きると見えて、その暗闇のなかで、曇りなき意識をもって太古の夢を夢見ているのです。

だが、そんな幸福がこの現代に許されるでしょうか？　鰐の仲間である始祖鳥とティラノザウルスが見世物として博物館に展示されるこの現代日本で。案の定、三平は鰐を散歩させていて警官の不審尋問にあったり、隣人たちが結成したグループから鰐を家庭で飼うことに反対する集会を開くと脅されたりします。不穏な空気が一気に圧力を高めます。

その後の結末の思いがけなさに読者は呆気にとられるにちがいありません。かくいう私もそうでした。何度か本作を読みなおした今も、結末の身も蓋もなさをどう考えればいいのか、定まった解釈が思いつきません。この結末を準備したのは、第５０章「大欠伸」に出てくるグレン・グールドの夢なのかもしれません。その章の始まりにはこうあります。「何をしても、何をしなくても、さっぱり心楽しまぬ日があった。鰐も邪魔なくらい」。本書の底の底にあるのはこのあっけらかんとした虚無感だと思われます。だが、それでいいのだと作者は天才バカボンのパパのように笑いながら、色即是空、森羅万象のニヒルを肯定することでしょう。

マハーヴァギナまたは巫山の夢

二〇一二年一一月二五日　初版発行
著者　三浦衛　発行者　三浦衛
発行所　春風社　横浜市西区紅葉ケ丘五三　横浜市教育会館三階
電話　〇四五・二六一・三一六八　ＦＡＸ　〇四五・二六一・三一六九
http://www.shumpu.com　info@shumpu.com　振替　〇〇二〇〇−一−三七五二四
挿画　林晃久　装丁　間村俊一
本文印刷　内外文字印刷株式会社　付物印刷・製本　シナノ書籍印刷株式会社

ISBN 978-4-86110-342-1 C0093 Y1957E